SV

Hans Meyer-Hörstgen
Hirntod

Roman

Suhrkamp Verlag

Dritte Auflage 1985

Druck: Wagner GmbH, Nördlingen
Printed in Germany

Erster Teil

In seinem dreißigsten Lebensjahr, nach dem Medizinstudium, der Militärzeit, der Arbeit in der psychiatrischen Landesklinik, trat er in die neurochirurgische Abteilung des Städtischen Krankenhauses als Assistenzarzt ein.
Die Idee der Medizin: die bedingungslose Bereitschaft zum Angriff auf das Kranke im Körper schien ihm hier am reinsten erfüllt. Und nur das Allerreinste wollte er noch nach Studium, Militärzeit und Psychiatrie.
Erst spät begriff er, daß jeder Angriff auf das Kranke im Körper ein Angriff auf den kranken Körper und somit unzulässig ist. Diese ungeheure Lehre sollte ihm in diesem Hause erteilt werden – aber es war ein langer Weg, der ihn beinahe um den Verstand gebracht hätte.
Das Allerreinste? Der Eintritt in die Abteilung bedeutete gleichzeitig die Rückkehr in seine Vaterstadt nach Jahren im Süden. Verheiratet kehrte er zurück, bereits Vater zweier Kinder, entschlossen, Gehirn- und Nervenoperationen zu erlernen.
Denn eine endgültige berufliche Entscheidung stand an. Seine wirtschaftliche Lage war beunruhigend, Schulden mußten zurückgezahlt werden, und die Zinsen stiegen. Die Familie brauchte eine Heimat.
Der Familie eine Heimat schaffen und lernen, wie man Gehirne und Nerven operiert: das war seine Absicht. Er stellte sich eine Harmonie vor aus befriedigender, wohlangesehener beruflicher Tätigkeit, war-

mem Empfang in der Familie und ruhigem Kontakt zu Vater und Mutter, die in der Nähe des Krankenhauses wohnten, im Grüngürtel der Stadt, wie man das Gebiet nannte.
Eine Wohnung übrigens war schnell gefunden, zu schnell, zu mühelos. Das hätte ihn warnen sollen. Die Anstellung verlief problemlos; der Professor suchte dringend Assistenzärzte, ein Einstellungsgespräch fand nicht statt. Der schriftlichen Bewerbung folgte sofort der Vertrag.
So geschmeidig gleitet man nicht in eine Lebensaufgabe hinein.
Ihm hingegen schienen diese Zeichen günstig, wenn er auch unter der freudigen Erregung eine ihm bis dahin unbekannte Hektik spürte. Instinktiv wußte er, daß die neue Arbeit Erfahrungen für ihn bereithielt, die Studium, Militär, Psychiatrie nicht zu bieten hatten. Und was hatte er sonst schon erlebt.
Seine Frau unterstützte ihn wie immer umsichtig und gewandt. Alle Schwierigkeiten, die der Umzug brachte, meisterte sie allein, so daß er schließlich voller uneingestandener Bewunderung war. Die Kinder wurden für ein paar Tage weinerlich und reizbar, dann nahmen sie ihre alten Gewohnheiten wieder auf.
Wenn er durch die Stadt ging, freute es ihn, daß sich kaum etwas verändert hatte seit den Kindertagen. Einige Geschäfte trugen andere Namen, gewiß gab es auch neue Häuser, aber am grundlegenden Plan war nichts verändert. Mit nachtwandlerischer Sicherheit steuerte er durch die Straßen, schilderte seiner Frau

die Stätten seiner Kindheit und erwartete zu Unrecht, daß sie seine Begeisterung teilte.
Bis zum Dienstantritt hatte er noch einige Tage frei. Manchmal fuhr er zum Krankenhaus, besah es von allen Seiten, einsam wie ein Kundschafter. Hineingehen wollte er noch nicht. Aus der Ferne sah er die Ärzte und Schwestern, bald würde er dazugehören.
In der letzten Nacht schlief er schlecht. Einmal stand er auf und ging durch die dunkle Wohnung, die nach neuen Tapeten roch. Im Wohnzimmer standen noch Umzugskisten. Irgendwo tickte eine Uhr.
Er ging zurück ins Bett. Kannst du nicht schlafen? flüsterte seine Frau. Er wollte nicht zugeben, daß er aufgeregt war. Sie kroch zu ihm herüber und legte den Kopf an seine Schulter. Er hätte weinen können.
Am nächsten Morgen stand er viel früher auf als notwendig. Er nahm ein Bad und rasierte sich sorgfältig. Die Kinder schliefen noch fest. Seine Frau bereitete das Frühstück, bot Milch und Obst an, mehr konnte sie nicht tun. Sie schwieg beinahe schuldbewußt. Er tröstete sie mit flachen Witzen, sie lächelte gequält und verstand.
Dann war es Zeit zum Aufbruch. Er fuhr allein und schwitzte bereits unter den Achseln. Das verzieh er sich nicht. Vor dem Krankenhaus fand er sofort einen Parkplatz, er stieg aus und schloß sorgfältig ab. Er war eine Viertelstunde zu früh gekommen. Was sollte er solange tun?
Langsam ging er hinüber zum Haupteingang. Jeder hält mich für einen Patienten, dachte er und richtete

sich straff auf. Aber sein Herz pochte trotzdem bis zum Hals hinauf.
Nie verstrich die Zeit langsamer. Als er schon die Eingangshalle durchquert hatte, blieben ihm immer noch zehn Minuten. Ein Krankenhaus war doch nichts Neues für ihn, und dennoch war ihm beklommen zumute.
Er hatte auch das Abenteuer gesucht, das gestand er sich jetzt ein. Die allergefährlichsten Eingriffe wollte er wagen, ohne Reue, aber verantwortlich. Arzt sein. Körperarzt, nicht mehr Seelenarzt. In der Medizin gilt der Körper mehr als die Seele.
Das Zimmer des Professors lag im ersten Stock. Wahrscheinlich war es richtig, sich zuerst in seinem Sekretariat zu melden, an dessen Tür in großen schwarzen Buchstaben der Name des Professors stand. Er klopfte; nicht zu leise und nicht zu laut. Er bemühte sich um angemessenes Klopfen. Nichts war gefährlicher als ein falscher erster Eindruck. Soviel wußte er bereits von der Medizin.
Klopfte man zu leise, galt man sogleich als schüchtern und gehemmt, klopfte man zu laut, wurde man belächelt als ahnungsloser Tölpel, und die Rache war schon auf dem Weg.
Die Sekretärin hatte Pausbacken. Er stellte sich ihr vor. Sie saß hinter ihrer Schreibmaschine und bildete sich ein endgültiges Urteil. Ach ja, sie hätten ja schon miteinander telefoniert. Wenn er ein paar Minuten auf dem Flur warten möchte. Der Oberarzt werde sich um ihn kümmern.
Natürlich, der Oberarzt. Wie konnte er nur erwarten,

sofort den Professor zu sehen. Wie unerfahren er doch noch war. Er ging schnell hinaus.

Woran sollte er den Oberarzt erkennen? Wäre es nicht möglich, daß man ihn einfach vergaß, denn bisher ging es ja auch ohne ihn? Er konnte ihnen nichts bieten, er war kein Gewinn für die Abteilung. Er dachte an seine Frau, die sich mit ihrem feinen Lächeln über die erwachenden Kinder beugte. Zum zweiten Mal an diesem Morgen könnte er jetzt weinen.

Er saß auf dem mittleren von drei Stühlen, die neben der Sekretariatstür standen. Er stellte allerlei Vermutungen zum Zweck dieser Stühle an. Drei Stühle ohne einen Tisch, ohne Zeitschriften, ohne Ablenkung. Der Professor hatte es nicht nötig, den Wartenden Unterhaltung zu bieten. Diese drei leeren Stühle, welche Majestät im Vergleich zu dem dunklen Wartezimmer eines praktischen Arztes.

Hinter der Sekretariatstür wurde auf der Schreibmaschine geschrieben, wieselflink und ohne Pausen. Vollkommen.

Er blieb lange allein. Einmal kam eine Krankenschwester vorüber, die sich weigerte, ihn wahrzunehmen. Unter dem Arm trug sie eine Röntgentüte und verschwand damit durch die Glastür am Ende des Flurs. Er beneidete sie, denn sie hatte schon eine Funktion.

Nach wenigen Minuten kam sie zurück ohne die Röntgentüte. Sie tat so, als denke sie über etwas nach. Nur, um ihn nicht ansehen zu müssen. Oder irrte er sich da?

War nicht er es, der sich dauernd verstellte? Seine

Achselnässe nahm zu. Sein Gesicht brannte. Was sollte der Oberarzt von seinem Gesicht denken? Dieses Gesicht lehnte er zutiefst ab. Ein Gesicht, wie es einem Arzt nicht zusteht, eine Mischung aus Scham, Hoffnung und Angst. Vorsichtig schnüffelte er an seinem Hemdkragen. War die peinliche Schweißabsonderung nicht schon zu riechen?

Dann kam der Oberarzt. Sein Lächeln: undurchsichtig. Sein Händedruck warm und weich. Es war unglaublich, aber es war Nähe und Distanz in einem. Der Wunsch nach unbedingter Nähe und die kaltherzigste Zurückweisung. Gleich erkannte er, daß der Oberarzt ihm nicht in die Augen sehen wollte. Anscheinend sollte nichts geschehen, bis der Professor über den Neuen entschieden hatte. Keine Freundlichkeit, die sich später als unhaltbar erweisen könnte, aber auch keine vorschnelle Ablehnung.

Der Oberarzt war ein sehr großer, beinahe kahlköpfiger Mann, eine Sportlernatur. Sein Oberlippenbart war eine Spur zu lang. Etwas an diesem Gesicht machte ihn mißtrauisch, etwas, das er noch nicht beschreiben konnte, denn es war eigentlich ein freundliches und offenes Gesicht. Ein Gesicht, zu dem man sich sofort eine Meinung bildete, ein verdächtiges Gesicht.

Er zwang sich zur Objektivität. Der Mann begegnete ihm freundlich, das war alles. Seine erregten Spekulationen wollte er niederkämpfen.

Zu seinen Gefühlen hatte er eine Beziehung wie der Analphabet zur Sprache. Wieviel Unreife er sich noch gestattete.

Ob er einen Moment warten wolle, fragte der Oberarzt, er werde sofort mit dem Professor sprechen, der gerade mit einer Notoperation zu Ende gekommen sei. Eine offene Schädel-Hirn-Verletzung, die um fünf Uhr früh eingeliefert worden sei.
Der Oberarzt hob die Hand zu einem freundlichen Winken und verschwand durch die Sekretariatstür. Sofort hörte die Sekretärin mit dem Maschineschreiben auf, immer bereit zur Selbsterniedrigung, eine medizinische Schreibkraft durch und durch, die es bis ins Vorzimmer des Professors geschafft hatte.
Der Professor operierte also noch. Und zwar seit fünf Uhr früh. Was hatte er eigentlich für seltsame Erwartungen. Wie nachdrücklich wurde ihm bereits vorgeführt, daß im Mittelpunkt dieser Abteilung das verletzte, das kranke, das leidende Hirn steht, nicht irgendeine persönliche Eitelkeit, schon gar nicht die eines Neuen.
Eine Reihe junger Ärzte schritt würdevoll vorüber, wahrscheinlich weil sie ihn als Zivilisten wahrgenommen hatten. Schließlich konnte man ihm sein Arzttum nicht vom Gesicht ablesen, das durfte er nicht erwarten.
Eine halbe Stunde später saß er immer noch auf seinem Stuhl. Die Dienstzeit hatte längst begonnen. Er kämpfte gegen die aufsteigende Panik, gegen die Angst, Entscheidendes zu versäumen. Vielleicht wartete man schon irgendwo auf ihn, vielleicht hatte der Professor bereits Anordnungen getroffen, die man ihm versehentlich oder böswillig nicht weitergesagt hatte; vielleicht machte er sich schon schuldig.

Die ersten Fehler sind immer die schlimmsten; jedermann erwartet, daß man seinen allerersten Fehler andauernd wiederholt. Aber was machte er falsch?
Schließlich ging er noch einmal zu der Sekretärin hinein. Sie sah ihn haßerfüllt an, nicht gequält oder erstaunt, sondern haßerfüllt. Eine Gehässigkeit war es, ihn seine Frage stellen zu lassen, die doch ganz einfach zu erraten war. Die Höflichkeit hätte geboten, den Professor noch einmal zu entschuldigen und erneut um Geduld zu bitten. So jedoch kam es zu der peinlichsten aller Fragen: Wann er den Professor denn nun sehen könne.
Der Oberarzt saß an einem kleinen Tisch in der Nähe des Fensters und rührte gedankenverloren in seinem Kaffee. Die Sekretärin sah schnell zu ihm hinüber, bevor sie antwortete. Der Professor sei noch nicht aus dem Operationssaal zurückgekehrt. Daran könne sie auch nichts ändern.
Sie ließ ihn entscheiden, was er mit dieser Auskunft anfangen wollte. Auf dem Aktenschrank blubberte die Kaffeemaschine. Der Oberarzt rührte weiter in seiner Tasse.
Dann werde ich draußen warten, sagte er schließlich. Niemand erhob einen Einwand.
Sein Kopf war noch heißer als zuvor. Hier brachte man ihm eine Niederlage nach der anderen bei. Nur der Gedanke an seine Familie hinderte ihn jetzt noch daran, nach Hause zu gehen und sich eine neue Stelle zu suchen. So mühelos die Bewerbung verlaufen war, so grausam spielte man ihm nun mit.

Ein Vorgeschmack von dem, was die Abteilung ihm noch an Härte und Ausdauer abverlangen sollte.
Dann erschien der Professor. Klein und grau, in einem verknitterten Kittel, den Kopf gleichzeitig gesenkt und zur Seite geneigt, mit energischem Trippelschritt.
Er erschrak. Als Student war ihm der Professor größer erschienen. Auf so einen kleinen Menschen war er nicht gefaßt. Der würde ihm seine normale Körpergröße nie verzeihen.
Der Professor lächelte nicht. In seinem Gesicht geschah überhaupt nichts, als er ihm die Hand gab. Er lief an ihm vorbei in sein Sekretariat, ließ aber die Tür offen. Er hatte ihm hinterherzulaufen.
Nun stand er den dreien gegenüber, dem Professor, dem immer noch im Kaffee rührenden Oberarzt und der Sekretärin, die sofort aufsprang und dem Professor ebenfalls Kaffee anbot. Jetzt wurde auch er eingeladen, und zwar vom Oberarzt, das war eine Überraschung. Ersichtlich tat er es dem Professor zuliebe, der ihn nun stumm ansah.
Wir freuen uns, daß Sie gekommen sind, sagte er schließlich, meine Sekretärin und den Oberarzt haben Sie schon kennengelernt.
Wieder trat Schweigen ein. Die Sekretärin sah vom einen zum anderen. Er spürte, daß er etwas sagen sollte. Aber in diesem Raum klang alles falsch, jede Frage, jede Antwort, jede Feststellung. Der Professor fing an, dem Oberarzt von der soeben beendeten Operation zu erzählen. Auch die Sekretärin hörte aufmerksam und, wie es ihm erschien, fachkundig zu.

Er war der Laie, das zeigten ihm die drei ganz deutlich.
Er hatte den Eindruck, daß der Professor mit dem Ergebnis der Operation nicht ganz zufrieden war, nein, er irrte sich: was er ablehnte, war in Wirklichkeit nicht das Operationsergebnis, sondern die vorausgegangene Verletzung, die unverschämterweise zu mehr oder weniger inoperablen Resultaten an diesem Schädel, einem Kinderschädel, geführt hatte. Solche Verletzungen sind medizinisch wertlos. Das machte den Professor unzufrieden.
Immerhin, er durfte schon zuhören; er hörte nichts anderes, als der Oberarzt und die Sekretärin zu hören bekamen. Was waren Höflichkeitsfloskeln gegen diesen Vertrauensbeweis.
Die Hitze wich noch nicht aus seinem Gesicht, aber er schwitzte nicht mehr unter den Achseln. Der Professor zog seine Zigaretten hervor, sofort rauchten auch der Oberarzt und die Sekretärin. Er behauptete, Nichtraucher zu sein, ohne den Grund für diese Lüge zu kennen.
Dann beratschlagten sie, was mit ihm zu geschehen habe. Der Oberarzt schlug vor, daß er sich zunächst um Kittel, Hosen und Hemden kümmern solle. Jemand werde ihn wohl durch das Haus führen müssen. Namen wurden genannt und verworfen, weil die Betreffenden mit wichtigeren Aufgaben beschäftigt waren. Die Sekretärin bot sich schließlich an, ihm den Weg hinunter zum Wäschelager genau zu erklären.
Ihre Angaben waren umständlich. Sie gab sich wirk-

lich Mühe. Man schien großen Wert darauf zu legen, daß er so schnell wie möglich die vorgeschriebene Arztkleidung erhielt. Er selbst kam sich jetzt in seiner Straßenkleidung bemitleidenswert vor. Sie hatten ganz recht, so schnell wie möglich herunter mit dieser Zivilistenkleidung, so schnell wie möglich. Der erste Schritt mußte schleunigst getan werden, um dem Geheimnis näherzukommen.

Mit den Erläuterungen der Erläuterungen der Sekretärin wiesen sie ihn aus dem Zimmer. Zunächst hatte er also in den Keller hinunterzufahren. Im Aufzug wartete bereits ein dicker junger Pfleger mit einem Krankenbett. Zuerst hatte er geglaubt, das Bett sei leer, dann sah er den riesigen Kopfverband, dann die geschlossenen Augen, dann das Gesicht. Der Pfleger beobachtete ihn mißtrauisch.

Im Kellergeschoß war es nicht mehr so einfach, sich zurechtzufinden. Auf den Hinweisschildern stand Wäschelager, Desinfektion, Personalgarderobe. Wäschelager hatte die Sekretärin gesagt; an dieses Wort erinnerte er sich genau.

Im Wäschelager roch es nach Schweiß, nach Arbeitsschweiß, nicht nach Aufregungsschweiß. Fünf Hosen, fünf Hemden, fünf Kittel stünden ihm zu, hatte der Oberarzt gesagt. An wen sollte er sich wenden? Die Wäschefrauen liefen hin und her, geschwätzig und geschäftig, mit wichtigen Gesichtern. Auch sie wußten anscheinend, was zu tun war. Schließlich sprach er eine von ihnen an und wurde sofort, beinahe energisch, in einen anderen Raum gewiesen. Über einem langen Holztisch stand das Wort Aus-

gabe. Hier blieb er zunächst stehen. Niemand kümmerte sich um ihn. Er hatte sein Ziel erreicht, das war gewiß. Aber wen sollte er jetzt fragen. Er brachte es fertig, sich auf den Rand des Tisches zu setzen und mit verschränkten Armen abzuwarten. Schließlich hatte er so etwas wie einen Auftrag, und der gestattete ihm, Zeit zu verbrauchen.
Hinter einem hohen Wäschestapel kam nach einigen Minuten eine alte Frau in einem weißen Nylonkittel hervor und sah ihn fragend an. Also die Grundausstattung, faßte sie seine verworrene Beschreibung zusammen. Sie fragte ihn nach seiner Kleidergröße.
Lange blieb er allein.
Als die Frau zurückkehrte, trug sie die vorgeschriebenen fünf Kittel, Hosen, Hemden über dem rechten Arm und bestand darauf, daß er jedes Stück anprobierte. Man könne nie wissen, und hinterher gebe es nur Reklamationen. Er lächelte nachsichtig, in Wirklichkeit schämte er sich, vor der alten Frau die Hosen herunterzulassen, denn eine Umkleidekabine gab es nicht. Er fand, daß alles paßte. Die Frau gab zu bedenken, ob man die Hosen nicht eine Nummer größer nehmen sollte. Er müsse sich doch darin wohl fühlen. Und wenn einmal sein Name eingenäht sei, sei es zu spät für einen Umtausch. Dann komme nur noch Ersatz in Frage.
Mit seinen Hosen, Kitteln, Hemden über dem Arm ging er wieder hinauf auf die Station. In seiner Hilflosigkeit blieb ihm nichts anderes, als sich wieder bei der Sekretärin zu melden. Der Professor und der

Oberarzt waren inzwischen hinausgegangen. Er fragte die Sekretärin, was er denn nun tun solle. Sie sah ihn erstaunt an. Sogleich dachte er: Wie kann sie dir sagen, was du tun sollst.

Am Ende des ersten Tages hatte er den Ablauf auf der Station, im Operationssaal, in der Ambulanz, in den Röntgenräumen noch längst nicht verstanden. Im Rückblick auf diesen ersten Tag erkannte er nur eine einzige Aneinanderreihung von Peinlichkeiten: Als er einen dicken jugoslawischen Assistenzarzt über einem Pornoheft sah, errötete er; den Oberarzt hatte er mit ungeschickten Fragen gequält, um sein grundsätzliches Interesse zu beweisen, um sich für seine Unerfahrenheit zu entschuldigen; die Sekretärin, nicht den Professor oder den Oberarzt, hatte er wiederholt nach dem Tagesablauf gefragt, und so fort.

Er hatte schließlich das Ende der Dienstzeit herbeigesehnt. Er warf sich vor, daß er einfach davongeschlichen sei, ohne sich zu verabschieden. Während der Heimfahrt kam ihm sogar der Gedanke, daß die wesentliche, die intime Arbeit erst nach Ablauf der eigentlichen Dienstzeit in einem kleinen, verschworenen Kreis von Eingeweihten stattfand, freiwillig, ohne Bezahlung, zu einem ihm noch nicht zugänglichen höheren Ruhm.

Außer dem Jugoslawen hatte er noch einen schmächtigen arabischen Arzt kennengelernt, ein leutseliger Kriecher unbestimmten Alters. Er hatte sich darüber gewundert, daß der Professor sich die Anzüglichkeiten dieses Arabers nicht verbeten hatte. Man konnte es nicht anders ausdrücken: Was die beiden miteinander hatten, war ein Flirt. Der Jugoslawe zeigte gelegentlich deutliche Zeichen aufkeimender Eifersucht. Merkwürdigerweise herrschte zwischen dem Oberarzt und dem Jugoslawen blanker Haß, nicht zwischen dem Oberarzt und dem Araber, wie man vielleicht wegen dessen Buhlereien hätte vermuten können.

Was wird nun seine Position sein? Welche Rolle ist noch nicht besetzt? Er durfte nicht vergessen, daß zwei weitere Assistenzärzte ihren unaufschiebbaren Urlaub angetreten hatten, worüber sich der Professor einige Male beschwerte. Sie hätten ihn allein gelassen, sagte er.

Während der Heimfahrt dachte er an nichts anderes als an seine zukünftige Stellung in dieser Abteilung. Er spürte den drängenden Wunsch, dem Professor so nah wie möglich zu sein. Gleichzeitig schämte er sich wegen dieser perversen Ambition. Dennoch dachte er über mögliche Wege nach: Was konnte er dem Professor bieten? Den unbekümmerten Charme des Arabers brachte er nicht auf, auch nicht die hohe fachliche Kunst des Oberarztes, das verstand sich von selbst.

Er hatte sein Zimmer gefunden an diesem Tag, das er sich mit einem der abwesenden Kollegen zu teilen hatte, er hatte seine Kittel, seine Hosen, seine Hemden, er war kein Fremder mehr, kein Eindringling. Aber was er bis jetzt gesehen hatte, war die Spitze des Eisbergs. Noch monatelang würde die Abteilung ihn mit neuen Erfahrungen in Atem halten.

Zu Hause fühlte er sich plötzlich müde und erschöpft.

Erst jetzt wurde ihm klar, in welcher Anspannung er den Tag verbracht hatte. Wie es denn gewesen sei, wollte seine Frau wissen. Das Wesentliche konnte er ihr nicht schildern. Seine unklaren Gefühle und Beobachtungen, die doch gar nichts bewiesen, eigneten sich nicht für einen Bericht.
Der Abend verging mit erregtem Hin- und Herlaufen, Ausräumen der letzten Umzugskisten und Kindergeschrei. Seine Frau glaubte, daß alles in Ordnung sei.
Er schlief tief und traumlos und stand auf mit einem dumpfen Kopf. War er am ersten Tag zu früh erschienen, so mußte er sich diesmal beeilen, um nicht zu spät zu kommen. Er verabschiedete sich flüchtig von Frau und Kindern und gab ihnen – voll stummer Wut – die Schuld an seiner Hast.
Er raste durch die Straßen und dachte, wie ungerecht es wäre, wenn die Polizei ihn jetzt aufhielte. Eine Minute zu spät erreichte er sein Zimmer in der Klinik und zog sich um. Es war ein Privileg der Ärzte, nicht die Personalgarderobe benutzen zu müssen. Er hatte am Vortag erfahren, daß man sich um acht im Zimmer des Professors zur Besprechung versammelte. Das erschien ihm ein ordentlicher Tagesbeginn.
Dem Oberarzt begegnete er auf dem Flur; der Jugoslawe saß schon in einem Sessel neben dem Schreibtisch des Professors, blickte sich kampfbereit um und grüßte zu laut und zu freundlich.
Er setzte sich auf den einzigen freien Stuhl. Zu spät bemerkte er, daß dem Oberarzt jetzt nichts anderes blieb, als sich auf die Untersuchungsliege zu hocken.

Sofort bot ihm der Jugoslawe seinen Sessel an. Der Oberarzt lehnte dankend ab mit übertrieben weit vorgestreckten Händen.
Der Professor hatte den Raum noch nicht betreten. Aus dem Nebenzimmer, bei dem es sich um das Sekretariat handeln mußte – so genau kannte er sich noch nicht aus –, kamen Stimmen herüber, eine Frauenstimme und eine Männerstimme. Die Verbindungstür wurde aufgerissen, und der Professor, schon in der Tür, rief der Sekretärin den Schluß eines Satzes zu.
Kaum hatte der Professor sich hinter seinen Schreibtisch gesetzt, als der Jugoslawe anfing, die Vorkommnisse der vergangenen Nacht hervorzusprudeln, als könne er nicht länger abwarten. Ich war dienstbereit, waren seine ersten Worte, die bereits ungeheuer übertrieben klangen, obwohl sie eine schlichte Tatsache bezeichneten.
Während des Berichts des Jugoslawen blätterte der Professor in seinen Papieren, rauchte, sah kaum einmal auf. Ungeduld und Unduldsamkeit waren in seinen Gebärden und in seinem Wesen.
Er bekam Angst vor dieser Unduldsamkeit, die nichts neben sich bestehen ließ; mit dieser Unduldsamkeit würde auch er zu rechnen haben, nicht nur der Verhaßte, der Jugoslawe. Der Oberarzt sah während der ganzen Zeit zu Boden oder las mit schnellen, forschenden Augenbewegungen im Gesicht des Professors.
Der Jugoslawe beendete seinen Bericht und sah sich beifallheischend um. In diesem Augenblick sprang

der Araber herein, schwer atmend, um Verzeihung lächelnd. Der Professor sah von seinen Papieren auf und begrüßte ihn freundlich, ohne den Bericht des Jugoslawen auch nur mit einem einzigen Wort zu kommentieren. Der Araber hockte sich neben den Oberarzt auf die Untersuchungsliege und bot ihm eine Zigarette an, als bezahle er damit seinen Sitzplatz.

Nach der Besprechung die gemeinsame Visite auf der Intensivstation, nach der Intensivstation das Operationsprogramm, nach dem Operationsprogramm die ambulanten Untersuchungen, nach den ambulanten Untersuchungen die Stationsvisite, gleichzeitig oder danach Röntgenuntersuchungen, bei denen dem Patienten Kontrastmittel eingespritzt wurden in die Flüssigkeitsräume des Gehirns oder in den Rückenmarkskanal: der Professor war in Gedanken immer schon bei der nächsten Tätigkeit und drängte und hetzte bei dem, was er gerade unter der Hand hatte.

Ihm erschien es so, als übertrage sich die Schaffenswut des Professors auf die anderen. Wer nicht mithetzte, galt als schwerfällig, gefährdet, unbrauchbar. Nur dem Oberarzt gelang es gelegentlich, diesem wieselflinken Treiben eine überlegene Ruhe entgegenzusetzen; seine Art der Opposition.

Er lief dieser Hast hilflos hinterher. Zunächst fehlten ihm ja noch die grundlegenden Fähigkeiten zu diesem chirurgischen Fach, die diese routinierte Eile voraussetzte: ihm fehlten die banalsten chirurgischen Fertigkeiten auf geradezu schmerzliche Weise. Das Medizinstudium war einfach keine ausreichende Zurüstung; vor diesen technischen und handwerklichen Raffinessen schrumpfte das Studium zu einer allgemeinen Lebensvorbereitung, zu einer Elementarschule.

Die Psychiatrie vollends, die er ja zuvor getrieben hatte, wurde belächelt. Psychiatrie galt als ein Fach, das man aus den Illustrierten erlernen konnte, und war damit so wertvoll wie Hausfrauenarbeit.

Auch er lächelte bald über Psychiatrie und Psychiater, verkörperte doch jeder Patient auf der Intensivstation einen Irrenwitz:

Da gab es den Dreißigjährigen mit dem operierten Stirnhirntumor, der seinem Bettnachbarn in die Apfelsaftflasche pinkelte; den neunzehnjährigen Hirnverletzten, der mit blödem Grinsen Tag und Nacht onanierte und stundenlang mit fixierten Armen liegen mußte; die verwirrte Alte mit ihrer Hirnblutung, die den Professor Doktor Maienblum von Neuenreich nannte, und so fort.

Übrigens konnte der Professor darüber herzhaft lachen. Besonders der Oberarzt verstand sich darauf, der Alten immer wieder dieses Doktor-Maienblum-von-Neuenreich zu entlocken, keine Visite ohne diesen Scherz.

Nach dem Oberarzt tat sich der Jugoslawe hervor, der die Frau grob schüttelte und sie fragte: Wie heißt? Wie heißt? Dabei zeigte er auf den Professor, den die Scham wegtrieb und die Neugierde zurückhielt. Weder der Jugoslawe noch die Alte meinten es schließlich böse. Der Araber hingegen beteiligte sich nicht. In seinem Gesicht stand Verachtung, die aber sofort seinem geläufigen Lächeln wich, wenn der Professor oder der Oberarzt ihn ansprachen.

Außer den Schwerkranken, die immer Todkranke waren, gab es die jungen kräftigen Arbeiter und die feinsinnigen Privatpatienten, die Bandscheibenkranken, kurz: die Bandscheiben. Für diese lustig Leidenden wie für die Schattenwesen der Intensivstation war die Neurochirurgie eben zuständig, geschmackvoll komponiert aus Ernstem und Heiterem wie eine klassische Sinfonie.

Es war für ihn zuerst eine Enttäuschung, daß zwei Drittel aller Patienten harmlose, lächerliche Bandscheibenpatienten waren. Später lernte er, wie bitter nötig man diese Kranken hatte, wollte man überhaupt für längere Zeit die Neurochirurgie betreiben. Nicht um wenigstens hier operative Erfolge zu erzielen – sie waren zweifelhaft genug –, sondern weil man mehr als ein Drittel Hirnkranke nicht ertragen konnte.

Erfolge. Als Erfolg galt, wenn ein Patient mit einer Gefäßmißbildung im Gehirn die Operation überlebte; wenn man eine bösartige Hirngeschwulst rasant herausschneiden konnte (natürlich war damit dem Patienten nicht im mindesten geholfen) oder wenn ein Bandscheibenkranker nach der zweiten Operation nur noch unerträgliche Kreuzschmerzen statt erträglicher Beinschmerzen hatte.

Nach einer Woche stand sein Name zum ersten Mal auf dem Operationsprogramm; er hatte dem Professor bei einer Bandscheibenoperation zu assistieren. Zu helfen, sagte der Oberarzt, der jederzeit eine als Freundlichkeit getarnte Gemeinheit zur Hand hatte.

Aber was für eine furchtbare Hilfe war er dem Professor bei »seiner« ersten Operation. Gegen die elementarsten Regeln der Hygiene verstieß er schon beim Betreten des Operationstraktes: Er vergaß, seine Schuhe zu wechseln. Mit solch einem heimtückischen Fehler hatten weder der überwache Professor noch die vor Mißtrauen geifernde Operationsschwester gerechnet. Seine Straßenschuhe blieben unbemerkt.

Der Professor ließ ihn von einer Falle in die andere tappen und meldete sich immer einen Augenblick zu spät mit seinen kurzen, scharfen Korrekturen; erst einmal sollte er alles falsch machen. Das war das Programm für Anfänger.

Die Händedesinfektion: eine Kette quälender, peinlicher Irrtümer. Während des Waschens legte er die Seife immer wieder in den Seifenhalter zurück. Mit den Armen stieß er andauernd gegen das unreine Waschbecken. Seine Fingernägel waren zu lang. Nichts davon blieb dem Professor verborgen. Zu seinen Ermahnungen nickte er demütig, dann trotzig, dann verzweifelt. Als die Händedesinfektion beendet war, griff er nach einem der herumliegenden Handtücher und mußte natürlich mit dem ganzen Vorgang noch einmal beginnen. Er hatte sich wieder unsteril gemacht. Richtig wäre es gewesen, sich von der scha-

denfrohen Operationsschwester ein vorbereitetes Tuch reichen zu lassen.
Er hoffte, daß die Schamröte hinter der Gesichtsmaske verborgen blieb. Der Vorsprung war verloren, den ihm sein Studium verschafft hatte. Er war weniger als eine Krankenschwester.
Als er sich zum zweiten Mal die Hände wusch, fühlte er sich wie in einem bösen Traum, in dem man rannte, so schnell man konnte, ohne von der Stelle zu kommen. Aus der Ferne, so daß der Professor es noch hören konnte, rief die Schwester ihm zu, daß es ganz unnötig sei, die Hände noch einmal zu waschen. Es hätte genügt, die Desinfektion zu wiederholen.
Der Professor stand bereits am Tisch auf seiner hohen, ausschließlich ihm zugedachten Fußbank. Er hatte die Hände vor dem Bauch gefaltet und sah ihm zu, wie er sich den Operationskittel überstreifen ließ. Das gelang ohne Beanstandungen. Dann kamen die Handschuhe an die Reihe, die die Schwester vor ihm aufspannte. Rasch und übertrieben heftig fuhr er hinein, so daß ein Handschuh zu Boden fiel. Ein zweites Paar mußte her, das eine Hilfsschwester mit gekünstelter Demut der Operationsschwester entgegenstreckte. Er hörte sie leise stöhnen hinter ihrer Maske; das galt ihm.
Beim zweiten Versuch rutschten ihm die Handschuhe gerade über die Knöchel. Er faßte zu, um sie hochzuziehen. Unsteril, rief der Professor von seinem Bänkchen herab. Unsteril, das bedeutete, noch einmal von vorn. Die Operationsschwester zuckte mit den Achseln. Sie traf keine Schuld. Der Anästhesist bat um

Beeilung. Dann tat der Professor etwas, was seine Niederlage vervollständigte: er nahm ihn vor dem Anästhesisten in Schutz. Der entschuldigte sich, drängte aber noch einmal zur Eile. Es sei nun mal eben ein Prinzip, die Narkose so kurz wie möglich zu halten. Der Professor antwortete mit einem Scherz. Alle lachten außer dem Anästhesisten. Der verstopfte sich die Ohren mit dem Stethoskop und maß noch einmal den Blutdruck.

Schließlich stand er vorschriftsmäßig gekleidet dem Professor gegenüber. Zwischen ihnen lag ein mit brauner Desinfektionsflüssigkeit bestrichener Rükken. Die Prozedur des Abdeckens begann. Die Operationsschwester reichte die Tücher an, mit denen er nichts anzufangen wußte. Nach etlichen Versuchen verzichtete der Professor darauf, ihm die einzelnen Handgriffe zu erklären, sie ließen sich einfach nicht beschreiben, und beugte sich so weit zu ihm herüber, um die Tücher auch auf seiner Seite zu befestigen, daß er beinahe von seinem Bänkchen gefallen wäre. Der Professor fluchte und verlangte den Sauger.

Jeder einzelne Handgriff mußte ihm erklärt werden, nichts war selbstverständlich, ein Ritual. Ärgerlich durchtrennte der Professor die Haut über der Lendenwirbelsäule, spaltete das Bindegewebe, schob die Muskulatur von der Wirbelsäule ab, rief immer wieder: Saugen! Saugen!, verlangte, daß er ihm jegliches Blut aus dem offenen Rücken herausbefördere. Bequeme Sicht brauchte der Professor für seine Arbeit.

Dann wurden die Selbstsperrer eingesetzt, um die

Wunde maximal zu erweitern. Keine Ruhe gönnte sich der Professor, sondern wühlte sich unverzüglich durch die Bänder der Wirbelsäule an die vorgefallene Bandscheibe heran.
Einmal stießen sie mit den Köpfen zusammen über dem offenen Patientenrücken, der Professor gab ihm die Schuld, er hätte beinahe protestiert, sich also nur noch lächerlicher gemacht.
Dann entdeckte der Professor die vorgefallene Bandscheibe und verlangte von ihm mit kindlicher Freude, daß er sich jetzt einmal herüberbeuge und sich selbst überzeuge.
Er sah rotes und weißes Gewebe, tief unten in dem vom Professor aufgewühlten Loch. Ja, er sehe die Bandscheibe. Mißtrauisch geworden durch die schnelle Antwort, ließ der Professor sich die vermeintliche Bandscheibe zeigen. Das sei in gar keinem Fall die Bandscheibe, das sei die Nervenwurzel, das sei doch ganz eindeutig Nervengewebe. Er ließ sich von der Operationsschwester noch einmal zwei spitze Pinzetten geben, um ihm das wirklich Krankhafte an diesem unübersichtlichen Befund zu demonstrieren. Nervenwurzel, sagte er und zeigte darauf, Rückenmarkshaut, Bandscheibe; Nervenwurzel, Rückenmarkshaut, Bandscheibe.
Er nickte zu jedem Wort. Die Bandscheibe sei ganz eindeutig vorgefallen und drücke auf die Nervenwurzel, daher die Beschwerden des Patienten. Das sei ganz deutlich zu erkennen, bestätigte er dem Professor, ohne sich wirklich von der Existenz des behaupteten Druckes überzeugt zu haben.

Dann begann das sogenannte Ausräumen der Bandscheibe. Immer wieder stieß der Professor mit seinen scharfen Faßzangen in das Gewebe hinein und förderte gelblich-weißes Material. Völlig degeneriert, behauptete er, wie man ohne Schwierigkeiten erkennen könne. Er bestätigte den bedenklichen Degenerationszustand dieser zerfetzten Bandscheibe. Der Professor rupfte, zerrte, kratzte, die Operationsschwester reinigte die Instrumente mit flinken Griffen, die Hilfsschwester hatte dem Professor den Schweiß von der Stirn zu wischen und den Sitz der Brille zu korrigieren, wann immer er danach verlangte.
Nur er selbst war eigentlich überflüssig. Er hatte nichts zu tun, als gelegentliche Blutungen mit seinem Sauger aufzunehmen. Er stellte plötzlich das ganze Verfahren in Frage, saugte aber brav weiter. Einmal sagte der Professor, daß der Sauger ihn stärker behindere als diese unbedeutenden Blutungen. Er möge doch bitte nur saugen, wenn das unbedingt notwendig sei.
Nun konnte er also gar nichts mehr tun. Vorsichtig sah er zu dem Anästhesisten hinüber, der mit verschränkten Armen und gleichmütigem Gesicht neben dem Kopf des Patienten saß. Von den Peinlichkeiten, die sich in dem offenen Rücken abspielten, schien er nichts zu bemerken.
Der Professor steigerte sich in eine letzte Auskratzraserei hinein, warf der Operationsschwester die Faßzange auf den Tisch und sagte: Wir machen zu.
Endlich, sagte der Anästhesist. Der Professor schwieg zu dieser Gemeinheit und streckte die Hand nach dem

Nadelhalter aus. Es entstand eine Pause, die die Hilfsschwester dazu benutzte, dem Professor noch einmal, ein letztes Mal, den Schweiß von der Stirn zu wischen. Er hätte jetzt Zeit gehabt, sich zu bedanken.
Schichtweise wurde der Rücken zugenäht. Seine Aufgabe war es, die Fäden aufzufangen; Knotversuche ließ der Professor noch nicht zu. Letzte Verwicklungen beim Verbinden der Wunde.
Dann war die Operation zu Ende.
Er verstand nicht sofort, daß es seine Aufgabe war, beim Umlagern des Patienten zu helfen. In seiner Vorstellung waren dafür Schwestern und Pfleger zuständig. Er wollte schon dem Professor in den Frühstücksraum folgen, in die sogenannte Küche, als die Operationsschwester ihn zurückrief. So komme er ihr nicht davon. Er versuchte zu lächeln. Der Anästhesist hatte schon den Kopf des Patienten gefaßt, ein lustiger, drahtiger Pfleger stand bei den Beinen, ihm blieb der schwere Rumpf.
Als er in den Frühstücksraum kam, saß der Professor aufgeräumt hinter einer Tasse Kaffee und rauchte; ein Bild der Zufriedenheit, hochgradiger Zufriedenheit.
Es drängte ihn, sich bei diesem zufriedenen Menschen zu entschuldigen, Erklärungen abzugeben für seine Ungeschicklichkeiten, Vertröstungen auf eine bessere gemeinsame Zukunft. Aber Entschuldigen hätte der Professor nicht verstanden, das sah er seinem Gesicht an; so schwieg er eben. Sofort entwickelte sich daraus ein belastendes Schweigen, das sich erst auflöste, als die Operationsschwester in die Küche kam.

Der Professor brauchte seine gewohnten Gesichter.
Sofort begann er mit der Schwester zu sprechen, als habe er schon auf sie gewartet. Er fühlte sich zum Schweigen verurteilt; der Austausch zwischen dem Professor und der Operationsschwester war so stimmig und vollständig, daß jede Einmischung eine Geschmacklosigkeit gewesen wäre.
Schließlich fragte er eine der Hilfsschwestern, die ebenfalls stumm am Tisch saßen und ihre Brote kauten, ob er eine Tasse Kaffee bekommen könne. Die Tassen seien im Schrank, antwortete nicht die angesprochene Hilfsschwester, sondern die Operationsschwester, ohne den Professor auch nur eine Sekunde aus den Augen zu verlieren. Er wollte gerade aufstehen, als ihm eine der ausländischen Putzfrauen eine Tasse Kaffee herüberreichte. Er dankte wie für eine Selbstverständlichkeit.

Seine Erziehung hatte also begonnen. In der nächsten Woche lernte er zwei weitere Kollegen kennen, einen turmhohen Holländer und einen geheimnisvollen Asiaten. Die Abteilung war vollständig. Es stellte sich bald heraus, daß der Asiate ein Anfänger war wie er selbst. Er verstand es jedoch, seine Unsicherheit zu verbergen hinter einer widerlichen Kumpelhaftigkeit, mit der er auch dem Oberarzt und dem Professor begegnete. Der Holländer war erfahren, aber in krankhaftem Maße ängstlich beim Handwerk und mißtrauisch.

Bald lernte er auch etwas über das Ansehen und die Stellung der Abteilung im Krankenhaus. Da viele ihrer Patienten starben oder bereits tot eingeliefert wurden, wie manche Unfallopfer, zweifelte mancher Kollege am Sinn der Neurochirurgie überhaupt. Die sie betreibenden Ärzte galten als Herostraten. Ihn betraf dieses Urteil nicht, noch nicht. Er betrachtete die Kritiker als geldgierige Neider, die sich im Hinblick auf eine spätere Praxis mit einem minderwertigen medizinischen Fach zufriedengaben. Innere Medizin, Kinderheilkunde, Neurologie: peripheres symbolisches Herumdoktern zur Beruhigung der Angehörigen. An diesem Urteil hielt er auch später noch fest, bezog jedoch alle operativen Disziplinen mit ein. Mehr noch: Der Internist handelt fahrlässig, der Chirurg vorsätzlich.

Seiner Frau wurde er zum Schwärmer. Zu Hause lobte er die Taten des Professors, des Oberarztes, zeigte unverhohlene Bewunderung. Die Geschicklichkeit der Operateure wurde sein Maßstab statt des Geschicks der Patienten. Seine Frau war mit ihm zufrieden. Er erschien ihr aufgehoben, begeistert, erfüllt, reif für ein glückliches Familienleben. Sie durfte hoffen zu profitieren.

Er assistierte nun häufiger im Operationssaal. Er war nicht sonderlich geschickt, aber anpassungsfähig. Er verstand es, Gewohnheiten zu erkennen und auszubilden. Durch winzige Handreichungen machte er sich hier und dort unentbehrlich. Er beschäftigte sich mit den komplizierten technischen Geräten, verstand sich auf Videoaufzeichnung und Überwachungscomputer, nahm dem Professor manches ab, mit dem er sich nur unwillig beschäftigte. Seine Chirurgie basierte auf dem Handwerk, nicht auf der Technik. Technischem mißtraute der Professor, hielt es häufig für hinderlich, Spielereien für die Assistenzärzte, die man zur ernsten Handarbeit noch nicht zulassen konnte.

Engere Freundschaft schloß er mit dem Holländer, der ihn merkwürdigerweise für gerissen und karrierebewußt hielt. Sie führten das Du ein; der Jugoslawe schloß sich an, der Araber und der Mann aus Ostasien zögerten noch. Der Holländer wollte später an die Universität, unbedingt. Der Jugoslawe beklagte die hohen Privateinnahmen des Professors und verleumdete ihn, wo er nur konnte. Der Araber lächelte sein stilles Lächeln und rauchte. Der Ostasiate kicherte dem Professor zu Gefallen.

Gefühle schärfster Rivalität traten bald an die Stelle seiner anfänglichen Scheu. An selbständiges Operieren durfte er noch nicht denken: es ging um Assistenzen bei größeren Eingriffen. Am meisten fürchtete er den kleinen, gefällig kichernden Asiaten, der den Professor nicht ohne Gegenleistung umtänzelte. Jedenfalls glaubte er das eine ganze Weile. Später sah er ein, daß die vermeintliche Ungerechtigkeit tatsächlich kälteste Gerechtigkeit war. Er hatte nämlich auf einen Nationalitätenbonus gehofft. Schließlich war er der einzige deutsche Assistenzarzt. Der Professor jedoch wußte um die Vergänglichkeit der Assistenzärzte, deutscher wie ausländischer. Protektion lohnte sich nicht.

Der neidische Jugoslawe übrigens hatte die besten Beziehungen zu den Patienten. Das machte ihn nur noch verdächtiger. Mit einem Patienten sprach man nicht, einen Patienten klärte man höchstens auf. Wer mit einem Patienten sprach, war sich seiner Sache nicht sicher. Patienten waren das Rohprodukt, der Input.

Aufklärung. Aufklärung ist das Verfahren zur Erlangung der Operationseinverständniserklärung. Der Professor: Es ist da irgendwas in Ihrem Kopf, eine Geschwulst, eine Blutung, ich weiß es nicht; ich kann es Ihnen erst sagen, wenn ich es in der Hand habe. Der Oberarzt: Morgen machen wir die Härchen runter und gucken mal nach in der Nuß; keine Angst, die Härchen wachsen nach. Der Asiate kicherte dazu. Wenn der Professor »aufklärte«, nickte er nur. Denn der meinte es ernst.

Wer eine Operation ablehnte, auch die gefährlichste, auch die mit Sicherheit tödliche, galt als unvernünftig. Man erklärte nämlich damit dem Professor, daß er seine Grenzen nicht kenne. Der Professor aber war die Vernunft der Abteilung. Verweigerte man sich dem Professor, verweigerte man sich der Vernunft.

Außer den Privatpatienten erfuhr niemand, wer ihn am nächsten Tag operierte. Der Patient hat keinen Anspruch darauf, daß sich die Ärzteschaft vor ihm individualisiert. Andererseits kam es vor, daß Operationserfolge von gewissen Ärzten für sich reklamiert wurden. Darin war der Jugoslawe führend. Es gab ja immer wieder erstaunliche Besserungen nach einer

Operation, für die niemand eine Erklärung hatte. Allerdings waren es meist diese postoperativ glücklichen Patienten, die nach wenigen Wochen mit den heftigsten Beschwerden zurückkehrten, krumm und grau.

Es gab immer wieder Patienten, die nicht operiert wurden, eine geächtete Minderheit. Patienten, bei denen sich trotz aller erdenklicher Anstrengung kein krankhaft verändertes Körperteil finden ließ, Türken zumeist, die in der Industriestadt ganz unverhältnismäßig häufig vorkamen. Türken hatten immer Rükkenschmerzen. (Nur einmal kam ein Türke zur Notaufnahme, dem seine Frau einen Schraubenzieher durch den Kopf gestoßen hatte.) Ihm erschienen diese Türken nie arbeitsscheu wie vornehmlich dem Holländer und dem Araber, ihm ekelte vor ihrer Angst, vor ihrer Arbeitsangst, für die es gute Gründe gab.

Für die Nichtoperablen hatte man sich zwei Strafen ausgedacht. Die erste bestand in der Verlegung zur neurologischen Abteilung, die von einem syrischen Arzt geleitet wurde, über den der Professor verfügte wie über einen Knecht. Die Verlegungsstrafe bestand also in einer Demütigung, Ausstoßung; der Nichtoperable war eine lächerliche Erscheinung, den man den Neurologen für ihre harmlosen Spielereien »anbot«, wie es tatsächlich hieß.

Die zweite Strafmaßnahme wurde auf der Abteilung exekutiert. Der Nichtoperable hatte mit entblößtem Hinterteil die Knie-Ellenbogenlage auf seinem Bett einzunehmen. Alsdann führte der Arzt eine nicht zu kurze Nadel oberhalb der Gesäßfurche in die untere Öffnung des Steißbeins ein. Eine schmerzhafte Prozedur, denn der Arzt hatte sich zwischen zwei Knochenvorsprüngen in den äußerst engen sogenannten hiatus sacralis hineinzutasten. Die meisten Patienten stöhnten nur, wenige schrien. Der wesentliche Schmerz trat jedoch erst dann auf, wenn die anästhesierende Lösung in den Rückenmarkskanal gespritzt wurde, ein unerträglicher Druck, der bis zum Kopf aufstieg. Anschließend mußte der Patient zwei Stunden mit hochgelagerten Beinen liegen: die Heilphase. Einige wurden täglich behandelt; manche sogar ambulant.

Nach vier Wochen, der üblichen Vorbereitungszeit, wurde er zum Bereitschaftsdienst eingeteilt. Er tat so, als gäbe es da für ihn keine Probleme. Bereitschaftsdienst leisten bedeutete, Verantwortung übernehmen, Verantwortung für Leben und Tod. Eine Auszeichnung, mancher hatte sie später erhalten als er. Nach vier Wochen also hielt man ihn für ausreichend präpariert. Zwar waren seine praktischen Fähigkeiten noch völlig unentwickelt, aber er hatte sich in die Ideologie der Abteilung genügend eingelebt, um beim Eintreffen eines Verletzten die richtigen Maßnahmen, die als richtig angesehenen Maßnahmen, zu ergreifen. Fast immer lief es darauf hinaus, den Professor oder den Oberarzt zu rufen, die spät in der Nacht mürrisch und hastig oder mit der euphorischen Distanzlosigkeit des Übermüdeten den Noteingriff besorgten.

Das Dienstzimmer lag im Erdgeschoß des Krankenhauses neben dem Landeplatz für den Rettungshubschrauber. Es war geschmackvoll möbliert, lindgrüne Polster, ein Fernseher, ein heller Tisch. Er fühlte sich wohl in diesem Dienstzimmer. Wenn die Dunkelheit hereinbrach und in der Fensterscheibe nur noch das Spiegelbild des hellen Zimmers stand, schloß er die Vorhänge und schaltete den Fernseher ein. Später rief er seine Frau an, erkundigte sich nach den Kindern. Nie war ihr Gespräch freundlicher, inniger. Die Welt bekam ihren Sinn und damit die Familie.
Häufig lag er wach während dieser Dienstbereitschaftsnächte. Jeden Augenblick konnte das Telefon klingeln, konnte man etwas von ihm verlangen, das seine lächerlichen Fertigkeiten hoffnungslos überstieg, einen Eingriff etwa, den man nicht aufschieben durfte, bis der Professor oder der Oberarzt eintraf.
Das geschah jedoch nie, immer fand er einen Ausweg. Traf ein Verletzter ein (während der Dienstbereitschaft wurden fast nur Verletzte aufgenommen), lief eine genau festgelegte Handlungsfolge ab. Er hatte ihn im Notaufnahmezimmer schleunigst zu untersuchen. Der Anästhesist, meist ein verschlafener Südländer ohne Sinn für Spannung und Dramatik, traf seine Sofortmaßnahmen. Anschließend wurde der Hirnverletzte im Keller des Krankenhauses mit dem Computertomographen untersucht. Danach wurde entschieden, ob der Schädel zu öffnen sei, etwa um eine raumfordernde Blutung zu entfernen.
Dazu eben mußte der Professor gerufen werden oder

der Oberarzt. Er fühlte sich immer schuldig, wenn er sie wecken mußte. Einmal war die Frau des Professors am Apparat. Sie hörte ihm so zu, als sei er besonders schonungsbedürftig. Er zwang sich dazu, nicht andauernd eine Entschuldigung zu sagen. Dann sprach er mit dem Professor. Eine Hirnblutung, fraglich raumfordernd. Ja, eher filmartig. Mittelstrukturen des Gehirns zwei Millimeter etwa verlagert.
Der Professor schwieg, überlegte wohl, wie die vagen Aussagen des Anfängers einzuschätzen seien. Dann kurz: Ich komme.
In der Zwischenzeit hatte er mit der herbeigerufenen Schwester den Patienten in den Notoperationssaal zu schaffen und den Schädel zu rasieren. Wieder fühlte er sich zu etwas herangezogen, dem er durch Ausbildung und Beruf entrinnen wollte. Die Schädelrasur war eine Demütigung; andererseits war sie absolut notwendig. Keine Hirnoperation ohne vorangegangene vollständige Rasur. Mit Teilrasuren gab sich der Professor nicht zufrieden: So etwas mochte man anderswo praktizieren, nicht in seiner Klinik, nicht an seinen Patienten. Die ihm anvertrauten Hirnkranken hatten einen Anspruch auf eine komplette Rasur.
Nachlässig reichte ihm die Operationsschwester eine elektrische Haarschneidemaschine für die grobe Arbeit. Die Haare des Verletzten waren blutverschmiert. Es war lächerlich, daß er erst während dieser Friseurarbeit eine lange, klaffende Platzwunde am Hinterkopf bemerkte. Die Wunde blutete stark, und der Anästhesist verlangte eine vorläufige Blutstillung, um einen Kreislaufschock zu verhindern. Er mußte sich

eingestehen, daß er zu dieser einfachen und notwendigen Maßnahme nicht in der Lage war. Dem Anästhesisten antwortete er, daß jetzt die Rasur vordringlich sei, da man den Schädel so schnell wie möglich öffnen müsse, um das gequetschte Hirn zu entlasten. Er sagte Hirn statt Gehirn. Die Fleischersprache schien ihm geeignet, fachliche Kompetenz vorzutäuschen. Der Anästhesist fragte einmal, was die Schädelöffnung bewirken solle, wenn der Patient inzwischen verblutet sei. Er fragte zurück, ob er, der Anästhesist, nicht in der Lage sei, für stabile Kreislaufverhältnisse zu sorgen. In diesem Fall sei es seine Pflicht, einen Erfahrenen herbeizurufen. Der Anästhesist schimpfte zurück. Da er Ausländer war, bezog er in seine Beleidigungen alle Chirurgen des Hauses mit ein: vorsichtig genug, die persönliche Auseinandersetzung zu vermeiden, zum Schweigen zu stolz.

Der Professor traf ein, bevor die Rasur abgeschlossen war. Er richtete sich auf, um ihm den Fall noch einmal zu schildern. Daran war der Professor jedoch nicht interessiert. Klemme, sagte er nur zu seiner Operationsschwester und stillte mit einem schnellen Griff die bedrohliche Blutung. Der Anästhesist nickte beifällig wie zu einer sportlichen Leistung.

Er legte den Haarschneideapparat zur Seite und verlangte das Rasiermesser. Der Professor sah ihm auf die Hände. Für sein Zittern gab es keinen Grund. Aber es gab auch keinen Grund, ihm auf die Hände zu sehen, aus dem zum Friseur erniedrigten Arzt einen Friseurlehrling zu machen. Schnell mußte er erkennen, daß er selbst zum Rasieren nicht zu gebrauchen war, daß er nicht in der Lage war, selbständig einen Patienten zu rasieren. Nach der dritten Schnittverletzung nahm ihm der Professor das Messer aus der Hand. Ob er es ihm einmal zeigen dürfe. Der Anästhesist hatte seinen Spaß. Die Schwester sah ihn vorwurfsvoll an. Der Professor rasierte, genau und gründlich.

Er stieg also noch einmal in die Vorschule der Gehirnchirurgie hinab, und man hatte ihn dazu erpreßt: ohne Rasur keine Operation.

Die Gedanken des Professors jedoch blieben ihm fremd. Vielleicht war es ganz natürlich, daß er seinem Assistenzarzt die korrekte Kopfrasur vorführte: Auch ich habe die Anfangsgründe einst erlernt. Der Professor also doppelt überlegen, im Hohen wie im Niedrigen, erfahrener Operateur, erbarmungsloser Kopfrasierer.

Dann zeigte er dem Professor die Computerbilder, Schwarzweißfotografien, an einem langen Klebestreifen aufgereiht zu einem Faltprospekt. Schnittbilder des verletzten Gehirns, eine topographische Hirnkarte, errechnet aus Brechungen des Röntgenstrahls.

Lange sah der Professor die Bilder an. Dann reckte er sich empor und flüsterte ihm ins Ohr: Das braucht man eigentlich nicht zu operieren. Die Blutung sei unbedeutend, filmartig, fordere nicht genügend Raum für eine operative Ausräumung. Aber nun sei er einmal da, der Patient sei rasiert, ein Bohrloch im Schädel habe schließlich noch niemandem geschadet.

Der Professor vertraute ihm also. Gewiß, er hatte den Befund falsch beurteilt, aber was bedeutete sein Irrtum vor dieser Zuwendung, diesem gemeinsamen Geheimnis. Ein anderer hätte mit dem Professor verhandelt, ihn zu überzeugen versucht. Er hatte verstanden.

Sie schwiegen während der Händedesinfektion. Kein vorwurfsvolles, kein lastendes, ein bedeutsames Schweigen. Sein Gehorsam hatte etwas Geiles, Beglückendes; Chirurgengehorsam.

Später dachte er, daß sich der Professor während des stillen Waschens entschlossen hatte, ihm diese Operation zu schenken.

Jedenfalls übergab er ihm das Skalpell, als sie am Tisch standen.

Wie würden Sie den Schnitt legen?

Verblüfft sah er den Professor an. Der Mund stand ihm offen hinter der Gesichtsmaske. Er hätte sich gewünscht, daß seine erste Operation medizinisch notwendig gewesen wäre. Nicht diese sinnlose Bohrlochtrepanation. Aber so durfte er nicht denken. Wo sollte er denn seine Fertigkeiten schulen, wenn nicht bei solchen Fällen? Durfte er sich ein größeres Hämatom überhaupt zutrauen? Sicher wußte der Professor genau, was er tat, als er ihm diese Aufgabe zuwies.

Jedenfalls gab es neben der Begeisterung auch Enttäuschung, sogar tiefe Angst, die nichts mit der oberflächlichen Versagensfurcht zu tun hatte. Die war heftig genug und schnell im Vordergrund: Er zitterte wieder; ein schneller Wechsel aus Bewegungsimpuls und ängstlicher Hemmung.

Wie also den Schnitt führen? Der Professor wurde ungeduldig, sah hin und her zwischen seinem Gesicht und dem von der Desinfektionslösung feuchten rasierten Schädel des Bewußtlosen.
So?
Er deutete zaghaft eine kurze geschwungene Linie an. Der Professor schüttelte heftig den Kopf. Nein. So auf gar keinen Fall. Von diesem Schnitt aus, den er da vorschlage, gelange er direkt in die Zentralregion, in das Bewegungs- und Fühlzentrum des Gehirns. Das sei zwar ehrenvoll und mutig, die Blutung jedoch, sein Zielgebiet, liege ganz woanders.
Ja wo denn?
Sie sind der Operateur.
Der Professor will einen neuen Versuch sehen. So schnell kommt er ihm nicht davon. Er sieht sich nach jemandem um, der ihm die Computerbilder noch einmal zeigen könnte. Alle sind plötzlich beschäftigt, der Anästhesist, die Anästhesieschwester, die Operationsschwester, der drahtige Hilfspfleger, den er erst jetzt bemerkt. Sonst ist niemand im Raum. Die schweren automatischen Türen sind geschlossen. Außer dem Stampfen der Beatmungsmaschine ist nichts zu hören.
Also?
Hier?
Tiefer, tiefer, direkt auf der Schädelbasis. Immer tiefer, als man zunächst glaubt.
Also hier.
Meinetwegen.
Mit der Spitze des Skalpells ritzt er die beabsichtigte

Schnittführung in die Haut, zu tief, zu kräftig, so daß es blutet. Beim sogenannten Anzeichnen darf es niemals bluten. Der Anfänger, der Stümper drückt immer zu stark.

Dann der Hautschnitt. Hier ist er wiederum zu vorsichtig. Statt alle Hautschichten mit einem schnellen, kräftigen Schnitt bis auf den Schädelknochen zu durchtrennen (einen solchen Schnitt nennt der Oberarzt einen ehrlichen Schnitt), stochert er wie ein Fleischverkäufer im Gewebe herum und trifft lange nicht auf Knochen.

Der Professor hat sich anscheinend vorgenommen, ihn zunächst nicht weiter zu verunsichern. Stumm beobachtet er seine Schneideversuche, sein Schweigen lastet dennoch erdrückend, vorwurfsvoll.

Es blutet viel heftiger, als er erwartet hat, eine Anfängerblutung. Er hat noch nie gesehen, daß es aus einem kleinen Schnitt so stark blutet. Er ist zu ungeschickt mit dem Messer, zerfetzt das Gewebe eher, als daß er es zerschneidet. Der Professor führt den Sauger, hilft, wo er nur kann. Hat er soviel Fairneß verdient?

Mühsam arbeitet er sich durch die derbe Kopfschwarte. Dann Knochen, weißer, schimmernder Schädelknochen. Selbstbewußt verlangt er den Bohrer, sieht die Instrumentierschwester zum ersten Mal offen an.

Halt, sagt der Professor, noch nicht den Bohrer, noch einmal das Messer. Was haben wir vergessen? – Die Knochenhaut zu spalten. Man fängt mit dem Bohren nicht an, bevor der Knochen wirklich freiliegt.

Der Professor spreizt mit zwei scharfen Haken die

Wundränder auseinander. Die Schwester reicht Selbstsperrer, die der Professor in seinem Namen zurückweist. Mit einem Mal geht es ihm nicht schnell genug. Selbstsperrer, unnötige Zeitvergeudung. Der Professor versteht es, allein durch den Zug der Haken die Blutung aus den Wundrändern zu stillen. Soviel Meisterschaft noch im Unscheinbarsten. Er schwitzt unter den Achseln, fantasiert, daß die Schweißkreise sich über den ganzen Kittel ausbreiten und sich auf der Brust vereinigen und im Rücken. Der Oberarzt schwitzt nie. Der Professor schwitzt vor ehrlicher Anstrengung. Er schwitzt vor Aufregung und Scham.

Ein letzter, kratzender Schnitt auf dem Knochen. Dann gibt es keine Einwände mehr gegen den Bohrer. War er zuvor zu zaghaft, so preßt er jetzt mit aller Kraft. Da rutscht ihm die Bohrspitze ab von dem gewölbten Knochen und schlägt gegen den Haken des Professors.

So bohrt man nicht. Auch beim Bohren etwas Gefühl. Es geht schließlich um Menschen.

Hat er richtig gehört? Wirft der Professor ihm Unmenschlichkeit vor? Keine Empörung, kein Widerspruch während der Operation. Auseinandersetzungen, wenn überhaupt, hinterher. Das ist die Regel.

Der zweite Bohrversuch gelingt. Der Professor spült das Knochenmehl aus dem Wundgebiet heraus, setzt kompromißlos den Sauger ein, wirksam und doch schonend.

(Gelegentlich berichtet er von seinen langen Assisten-

tenjahren, seinen Lehrjahren unter einem grausamen Chef, der als der Beste galt.)
Eine erneute Blutung, ein weinrotes Blutseechen, das gleichmäßig aus dem durchbohrten Knochen herausfließt. Der Professor treibt ihn, endlich die harte Hirnhaut mit dem winzigen Messer zu durchstoßen, damit der Eingriff zu einem Ende kommt.
Nein. Vorsicht. Darunter ist Gehirn!
Zu fest hat er zugestoßen, bemüht um die dem Professor abgesehene Entschiedenheit, der sich mit seinem Vorsichtsruf zugleich diese Nachahmung verbittet.
Sie haben das Gehirn verletzt. Es blutet aus der Tiefe. Jetzt müssen wir weiter aufmachen.
Er steht da wie gelähmt mit vor Blödheit offenem Mund. Der Professor greift sich die Knochenzange und erweitert das Bohrloch in wütender Maulwurfsarbeit, ihm zum Vorwurf, der jetzt schuldig geworden ist am Nil nocere, dem ersten Grundsatz der Medizin. Aus niedriger Ursache, Ruhmsucht, Operationssucht, Nachahmungssucht, aus dem Wunsch heraus, dem Professor zu gefallen, der den bescheidenen, gründlichen Assistenten dem gewissenlosen Blender vorziehen muß.
Aber er hatte schon mit angehört, wie der Professor den Ungeschickten beleidigte, den Jugoslawen zum Beispiel oder den Araber. Das Lachen des Oberarztes begleitete noch die schlimmsten Gemeinheiten und, merkwürdig, entschuldigte den Professor. Niemals wollte er in diese Lage kommen, vom Professor gedemütigt und vom Oberarzt verlacht zu werden. Diesen

Tag würde er nicht überstehen ohne grundlegende Entscheidungen zu neuem Anfang.

Der Professor zeigt ihm, was er angerichtet hat. Ein kleiner blutiger Krater im Hirnmantel: Dort ist die Messerspitze eingedrungen. Es nützt ihm nichts, daß die Verletzung funktionell bedeutungslos ist, sie ist nicht wiedergutzumachen. Nervengewebe läßt sich nicht reparieren.
Er sieht sich vorsichtig um, während der Nothelfer ein kleines Stück blutstillenden Schaumstoff in die Hirnwunde schiebt. Die Operationsschwester ordnet gleichmütig ihre Instrumente. Der Anästhesist sieht dem Professor auf die Finger, triumphierend, weil dem Aufschneider die Operation entzogen wurde.
Kaum erkennbar ist der Bluterguß, der den Eingriff zu rechtfertigen hatte ursprünglich. Filmartig, wie der Professor vermutete, bedeckt er die Hirnoberfläche, ohne schädigend zu quetschen.
Der Professor fordert ihn zu einer abschließenden Spülung auf.
Dann ist die harte Hirnhaut zu vernähen. Der Professor erklärt den notwendigen Kreuzstich. Ungeschickt führt er die gebogene Nadel, so daß sie ihm zerbricht. Er möchte fragen aus höchster Not, ob alle Anfänger hilflos sind, aber er ist zu stolz dazu.
Der Professor läßt ihn spüren, daß in seinem Fach alles, aber auch alles schwierig ist. Spontanes Handeln schadet immer, jeder Griff will erlernt sein, nichts darf geduldet werden, das nicht lange erprobt ist.

Einlegen des Drainageschlauches. Hautnaht. Kopfverband.
Der Chirurg, gehorsam, gebunden durch mönchisches Regelwerk.

Nach der Operation zeigte ihm der Professor, woraus sich der schlechte Zustand des Patienten, seine Bewußtlosigkeit, seine wahrscheinlich primäre Bewußtlosigkeit, tatsächlich erklärte. Keinesfalls aus diesem fraglichen Hämatömchen an der Oberfläche, sondern aus einer tief im Hirnstamm sitzenden Verschwellung, unerreichbar jedem Operateur.
Sehen Sie? Hier.
Er hielt ihm eins der Computerbilder vor. Was meinte er nur mit diesem Bild. Er faßte jede Einzelheit ins Auge, ohne daß sich ihm ein Begriff, ein Erkennen daraus formte.
Ja sehen Sie denn nicht?
Nein, sagte er leise.
Nach und nach verfiel der Professor in eine schlampige, wohltuende Ruhehaltung, der Stunde entsprechend, es war zwei Uhr früh.
Irgendwann in der Nacht fuhr der Professor nach Hause, zu seiner Frau, die er sich nicht anders denken konnte als in einem eigenen Schlafzimmer untergebracht, zu seinen Kindern. Seinen Kindern aus früheren Jahren. Was konnte der bedeutende Mann dazu, daß sie heranwuchsen und um ihn waren.
Das Krankenhaus in der nächtlichen Stille: Selbst die Flure haben nur noch die Häßlichkeit eines gepflegten

Gartens, in dem es sich immerhin leben läßt. Die Notlampen schimmern über den Türen wie Fabelaugen, die sich im Hellen verbergen. Die Nachtschwestern in ihren Glaszimmern kochen Kaffee, stricken, kochen wieder Kaffee. Ihre Freundlichkeit, ihr Schwung sind nicht von dieser Nachtwelt. Übriggebliebene Tagmenschen aus der Zeitmaschine. Ihre Aufgeräumtheit wirkt auf ihn nicht ansteckend, sondern abstoßend, er meidet sie, wo er nur kann. Wie kann ein Kranker nur schlafen unter ihrer quicklebendigen Obhut?
Die meisten kannte er schon mit Namen nach kurzer Zeit, weil sie andauernd telefonierten und sich jedesmal ihrer Mitnachtschwester wieder vorstellten. Sie alle hatten ihre Regeln, der Ablauf der Nacht war genauestens eingeteilt, durch Vorschrift zum kleineren Teil, durch Gewohnheit zum größeren.
Nie waren sie widerwillig. Jede Anordnung führten sie mit einer Gewissenhaftigkeit aus, die auf lange Erfahrung bei mangelhafter Ausbildung deutete – oder nur auf letztere. Er konnte sich die Nachtschwestern nicht als wache Tagmenschen vorstellen, im Hellen nahmen sie kein Leben an.
(Sie veranschaulichten ihm die Menschheitsidee der Nachtwesen, des Vampirismus, unpathetisch und ohne Schrecken.)
Wenn er nachts allein in seinem Dienstzimmer lag, sah er diese auf jeder Station wachenden Nachtfrauen. Auch ältere waren dabei, auch häßliche. Nachts war das Krankenhaus ein Frauenhaus.

Seine erste »selbständige« Operation war zu feiern nach festem Brauch, diese überflüssige Bohrlochtrepanation. Der Operierte übrigens lag vierzehn Tage im Koma und starb dann.
Zu Beginn des Festes, das in den Ambulanzräumen der Abteilung stattfand, stand er im Mittelpunkt, zweifellos. Man stieß mit ihm an, ermunterte ihn, lobte ihn. Die matronenhafte Operationsschwester lächelte nachsichtig, gönnerhaft: Zu viele hatte sie schon gesehen, die anfingen und sich freuten und aufgaben. Jeder Assistenzarzt war eine Eintagsfliege. Sie ließ keinem eine Chance zum Gegenbeweis. Was bedeuteten selbst drei oder vier Jahre vor den Ewigen, dem Professor also und dem Oberarzt, denen allein sie zu dienen hatte.
Verspätet traf die Sekretärin ein, sah sich unwirsch nach einem Glas um und fand alle Plätze in der Nähe des Professors besetzt. Da im Augenblick nichts anderes zu tun war, prostete sie dem dummstolzen Anfänger zu. Alle Sinne richtete sie auf den Professor, Nebenfühler zum Oberarzt.
Bald bildete sich die natürliche Ordnung wieder heraus; er saß fernab vom Professor, neben dem Araber, der alle greifbaren Gesprächsfetzen aufnahm und ihnen seine stets gleichen Witze anhängte. Er war es auch, der sich hauptsächlich – aus sicherer Distanz – um die Damen bemühte. Neben der Operationsschwester und der Sekretärin waren noch zwei weitere Schwestern und einige Putzfrauen anwesend, die sich scheu im Hintergrund hielten und im Verlauf des Festes immer wieder einmal hinausgingen zu irgend-

einer Beschäftigung, die nur scheinbar keinen Aufschub duldete. Auch diese Umtriebigkeit war auf den Professor berechnet.
Der Professor trank wenig, der Oberarzt noch weniger, der Araber nippte nur an seinem Glas. Der Jugoslawe fehlte, um seine Außenseiterexistenz zu betonen und Schuldgefühle zu erzeugen. Die Operationsschwester forderte nach ihrem zweiten Glas Sekt dazu auf, den Jugoslawen herbeizurufen. So nah stand sie dem Professor, daß sie selbst seinen erklärten Feind freundlich behandeln durfte, ohne in Ungnade zu fallen.
Er schämte sich jetzt; seine Aufgabe wäre es gewesen, sich um den Jugoslawen zu kümmern. Aber er wollte ihn dem Professor nicht unter die Augen bringen.
Die Operationsschwester wandelte sich nach mehreren Gläsern vollends von einer eisigen Stiefmutter zu einer gutmütigen Beschützerin. Sie waren wirklich eine Familie, mit Onkeln und Tanten, die Rollen waren verteilt. Er spielte den lebhaften, noch etwas tapsigen Nachkömmling, der zu den schönsten Hoffnungen berechtigte. So jedenfalls wollte er gesehen werden.
Er trank mehr als die anderen. Je enger die alte verschworene Gemeinschaft zusammenrückte, desto entschiedener steigerte er sich in eine einsame Ekstase hinein, seine ersten Weihen zu feiern.

Auf seine Frau freute er sich, wenn er ehrlich erschöpft von der Arbeit heimkehrte. Zu den Kindern war er großzügig. Der Professor verlangte nichts Unmögliches, aber das äußerst Mögliche. Feste Dienstzeiten waren in der Abteilung unbekannt, die gemeinsame Visite fand häufig erst gegen Abend statt; ihr fernzubleiben forderte den Mut des Fahnenflüchtigen oder seine Gedankenlosigkeit.
Er war kein Deserteur. Chirurgie ohne Kampf und Standhalten war nichts, höchstens ein kraftloses Fach wie andere.

Den letzten Umzugskarton trug er nach zwei Monaten in den Keller hinunter; das Leben wurde ordentlich und ruhig. Die freien Abende verbrachten sie meist zu Hause oder besuchten seine Eltern, die in ihren gutmütigen, ihm von Kind auf vertrauten Versorgungswillen auch seine Frau mit hineinnahmen. Seine Kinder jedoch waren ihnen zu klein, zu unberechenbar. Nach und nach, mit wachsendem Erstaunen, erkannte er in der großelterlichen Erziehung die elterliche wieder.
Darüber konnte er nicht sprechen. Auch nicht darüber, daß ihn die kalte, mühsam beherrschte Feindseligkeit kränkte, mit der seine Eltern seine Kinder behandelten.
Seine Sprachlosigkeit machte ihm Schuldgefühle. Er sollte erzählen, berichten vom Tage, ihnen zeigen, daß sie zu Recht stolz waren auf ihren Sohn: Nichts brachte er heraus als maulfaule Andeutungen.

Die Eltern waren unzufrieden mit seinem Rapport, ohne diese Unzufriedenheit zu benennen. Anfangs kamen ihre Fragen heftig, bohrend, unerbittlich nachstoßend. Dann leiser, schonender. Schließlich ließen sie ihn in Ruhe und wurden verstockt wie er selbst. Ihn quälte diese Verstocktheit, seine wie ihre. Und welcher Trotz schwang in seinem Schweigen mit?
Seine Erinnerung reichte nicht weit genug zurück. Ihm blieb nur die Beobachtung: Was taten die Eltern an seinen Kindern? Durfte er daraus auf Vergangenes schließen? Wenn sie sich jetzt seinetwegen beherrschten: Wie sah ihre ungebremste Feindseligkeit aus?
Eine Rechnung wird offenbleiben, ein Geheimnis werden sie mit ins Grab nehmen, damit hatte er sich abzufinden. Vielleicht würde eine einzige offene Aussprache genügen, aber woher die Kraft nehmen?
Seine Kinder verstanden nichts von alledem. Beherrschte Feindseligkeit nahmen sie auf wie Freundlichkeit. Sie begnügten sich mit der Oberfläche. Er mußte also erkennen, daß seine Eltern in Wirklichkeit niemandem schadeten, am wenigsten den Kindern.
An einem Sonntagnachmittag luden die Eltern sie zu Kaffee und Kuchen ein. Es war heiß in der Stadt, die Luft voller Staub, der ihm unter die Kleider kroch. Die Einladung war lästig, aber kaum abzulehnen.
(Die Kinder quakig und niederträchtig, seine Frau gereizt bis zur Gewalttätigkeit, er stumpf und gefühllos.)
Seine Mutter öffnete ihnen die Tür. Er brachte es nicht fertig, sie auf die Wange zu küssen; so wenig Berührung wie möglich an solch einem Tag. Die Kin-

der fingen sofort einen Streit an, kein Anlaß war ihnen zu gering. Seine Frau mischte sich ein, forderte Vernunft und Geschwistersinn.
Ihn ärgerten diese dummen Forderungen gegen unmündige Kinder. Die Dummheiten seiner Frau waren ihm unerträglicher als die Streitwut der Kinder. Merkte sie denn nicht, wie ihre Besänftigungen den allgemeinen Lärm bloß noch steigerten? Wie seine Eltern sich zwar einerseits bedroht fühlten vom Kinderlärm, andererseits jedoch über ihre Erziehungsschwäche triumphierten?
Schließlich saß man zu Tisch trotz allem. Die Mutter fuhr Kuchen auf. Das größere Kind stach mit dem Löffel hinein noch vor dem Austeilen. Der Vater lachte dröhnend und vorwurfsvoll zugleich: Nimmt es denn niemand mit diesem Ungeheuer auf?
Das Lachen des Vaters verstand seine Frau als Aufforderung, den Kindern Prügel anzudrohen. Er schämte sich und wandte sich seinem Kuchen zu. Seine Mutter hatte ihn zuerst bedient. Seine Frau zerkleinerte ein Kuchenstück auf ihrem Teller und verfütterte die Brocken nach links und rechts. Der Vater probierte ein neutrales Gespräch, eins seiner Männergespräche über Beruf und Fußball, bei denen man sich einen Augenblick erleichtert fühlte. Dann unterbrach sich der Vater und rief den Frauen eine noch unbekannte Gefahr zu. Tatsächlich hatte sich das kleinere Kind am Tischrand emporgearbeitet, in seiner Nähe stand Porzellan. Der Vater hatte keine Lust mehr, das Gespräch fortzusetzen, und kaute still an seinem Kuchen mit unnötig kräftigen Mundbewegungen.

Die Frauen bemühten sich fortan, die Ausfallbewegungen der Kinder schon im Ansatz zu erkennen und abzufangen, wodurch sie deren Handlungswillen nur verstärkten: Aus blindem Hinlangen wurden gezielte Schläge, aus Fahrlässigkeit Vorsatz.
Nach dem Kaffee gingen die Frauen mit den Kindern hinaus. Mit dem Vater gab es nichts mehr zu besprechen. Unbeholfene Redewendungen hin und her.
Seine Stimme wurde klein und traurig; er wollte mit dem Mann am anderen Ende des Tisches eigentlich nichts zu tun haben. Das mußte er sich eingestehen. Schmerzlicher noch die Einsicht, daß auch sein Vater sich letztendlich bloß gestört fühlte.
Von der Veranda kamen Kinderstimmen und Ermahnungen herüber. Die Frauen hatten die Türen geschlossen, um aus einem gemeinsamen Gefängnis zwei Freiräume zu schaffen. Das mußte mißlingen.
Ein ereignislos verstreichendes Wochenende machte ihn wehmütig. Sie hatten keine Freunde in der Stadt, durch lange Abwesenheit war er zum Fremden geworden. Auch scheute er sich, Gefährten aus den Kindertagen zu begegnen, ihnen Aufstieg, Fall und Rückkehr, neue Hoffnungen zu begründen. Sie mußten ihn doch als einen Gescheiterten verstehen. Auch ein Gescheiterter voller Erklärungen bleibt ein Gescheiterter.
Was hatte er in ihrer Fantasie im Süden getan? Von welchen stolzen Plänen hatten die Eltern berichtet? Welche unerfüllbaren Forderungen hatten sie auf die bestehenden, die seit Ewigkeit bestehenden, getürmt?

Geschah seine Rückkehr nicht auch aus Schuldgefühl? Zu leichtsinnig war er losgetrabt, zu unbekümmert. Er wollte sich abkoppeln von seiner Geschichte, das wird niemandem verziehen. Ja, Heimkehr bedeutet immer ein Eingeständnis von Schuld.
Seine Frau hatte er aus dem Süden mitgebracht, mit sich gerissen. Nicht, daß sie sich gewehrt hätte, im Gegenteil, sie hatte sich auf das Neue ehrlich gefreut: Aber sie hatte nicht verstanden, daß er ihr ein Opfer zumutete.
Er war seiner Aufklärungspflicht nicht nachgekommen. Er hatte nicht restlos alle Risiken der Operation geschildert. Er hatte ihr nicht gesagt, daß die Rückkehr in die Heimatstadt nicht einfach nur ein Umzug war: Sie sah auf das Praktische, während er in Symbolen und Schicksalswegen dachte.

Daher die Trauer. Bekanntes fand er in seiner Stadt, aber keine Geborgenheit. Geborgen war er in seiner neuen Familie: also in Fremdem.
Daher Mißtrauen und wütendes Schweigen. Es gibt eine Art des Schweigens, die unheilbar ist, ein malignes Schweigen.
An diesem Schweigen erkrankte seine Frau nach wenigen Wochen. Wenn das bösartige Schweigen einmal angefangen hat, gibt es nur noch Linderung. Man kann es nicht ausrotten, die Wurzeln reichen tief.
Daher Hoffnungslosigkeit und Betäubung.

Aber er hatte seine Arbeit, und sie sollte seine Sehnsucht stillen. Nicht die Arbeit überforderte ihn, sondern er die Arbeit. Der Professor interessierte sich auch für Geld: eine Enttäuschung; der Oberarzt hatte ein Hobby, von dem er begeisterter sprach als von der Arbeit: Verrat. Oberarzt und Professor fielen bald aus als wirkliche Vorbilder, verkamen ihm zu Ausbildern statt dessen. Vorbilder gab es nur noch in Erzählungen.
Er las einen Artikel über Harvey Cushing, den Pionier der Neurochirurgie, und hatte für eine Woche zu leben. Er besuchte Kongresse und berauschte sich an den wirklich Großen, ahmte ihre Sprache nach, ihre Gesten vor allem, und fühlte sich tagelang glücklich als Nachahmer.
Dazu häufte er Buchwissen an. Schnell wußte er mehr als alle anderen. Denn was sollte er sonst mit seiner Begeisterung tun? Vorwitzig trat er mit seiner Kenntnis hervor, die durch Erfahrung nicht abgesichert war. Niemand traute sich zu widersprechen. Nur der Professor sah ihn manchmal prüfend an und entschärfte sein unsolides Urteil: In der Praxis sieht das aber anders aus, mein Lieber.
Er errötete. Der Jugoslawe sah ihn schadenfroh an. Der Araber blickte zu Boden und sog mit seiner gesamten Lungenkraft an einer Zigarette. Der aufgeworfene Mund des Holländers stand offen. Der Mann aus Fernost kicherte unverschämt. Der Oberarzt lachte auch, gutmütig.
Alle standen auf und gingen an die Arbeit. Wenn man sich bewegt, erträgt man leichter die Scham.

Bei der Visite ging der Professor voraus, kein festeres Gesetz als dieses. Wenn die Führung kurzfristig von einem anderen übernommen wurde, dann, um dem Professor die Tür zu einem Patientenzimmer aufzureißen. Er tat das gern, war gerne Herold, Wegbereiter. Der Professor dankte es ihm nicht. Bedankte er sich, würde er nicht mehr Herold sein wollen.
Zuerst sah der Professor den Patienten an, stumm und mißbilligend, als habe er sich das Bett und die Behandlung erschlichen. Dann blickte er sich mit gespielter Hilflosigkeit nach dem zuständigen Assistenzarzt um, der ohne weitere Aufforderung den vorliegenden Fall zu schildern hatte.
(Die Assistenzärzte hatten die Patienten der Station nach einem bestimmten Schema unter sich aufgeteilt; immer wieder gab es jedoch Streit und Unklarheiten.)
Der Patient hörte die Schilderung seines Falles ratlos mit an, sah vom Assistenzarzt zum Professor und wieder zum Assistenzarzt, in der Hoffnung, daß sich ihre Worte wechselseitig erläuterten. Aus diesen Blickbewegungen ein Kopfschütteln im Zeitlupentempo, wenn man einmal nur auf den Kranken achtete.
Über Operation oder konservative Behandlung wurde entschieden an Ort und Stelle. Verträge über Leben und Tod wurden geschlossen innerhalb von Sekunden und ohne Dokument oder Handschlag. Weiter. Mit welchen Blicken empfing sie der nächste Patient, der zuvor noch schadenfroh triumphierte über seinen Bettnachbarn, der bereits sein Urteil empfangen hatte. Es kommt im Krankenhaus darauf

an, die wenigen erträglichen Augenblicke zu nutzen.

Urteil. Tatsächlich empfingen die Kranken den Operationsentscheid wie ein Urteil, wie ein Urteil zwar, auf das sie gefaßt waren, aber eben doch wie ein Urteil.

Der Oberarzt als einziger hatte noch Sinn für das eigentlich Unerträgliche. Er nickte aufmunternd zu jeder Operationsankündigung. Auch gab es Kranke, die sich auflehnten gegen das Urteil, es aber zuletzt doch mit Freundlichkeit annahmen. Die Ärzte nahmen die Freundlichkeit als Vorfreude auf eine schmerzfreie Zukunft.

Dabei waren die Kranken die wirklich Mächtigen. Ein einziges Lächeln machte den Arzt glücklich, wenn es seine Kunst bestätigte. Sie konnten ihn gemein beleidigen, wenn sich ihr Befund verschlechterte nach der Operation. Ihrer Macht entsprach natürlich die tiefe Unsicherheit der Ärzte, die ja nicht gewissenlos waren, nur berauscht und hoch hinaus. Der Kranke war der Feind des Arztes.

Eine Hirngeschwulst entwickelt sich schleichend. Er fing an mit schärfster Selbstbeobachtung. Angst und Selbstbeobachtung und Angst im circulus vitiosus. Die Hirngeschwulst beginnt mit Kopfschmerzen, mit sogenannten uncharakteristischen Kopfschmerzen, wie die Lehrbuchautoren schreiben, die führenden Leute im Fach also. Der Tumorkopfschmerz am Anfang also nicht unterscheidbar vom banalen, lächerlichen Gefäßkopfschmerz, den der Kranke sich ja meist nur ausdenkt, um den Arzt zu quälen. Im Umkehrschluß: Jeder Kopfschmerz kann ein Tumorkopfschmerz sein, damit ein Todeskopfschmerz. Auf diese leise Art kündigt das Sterben sich an.

Gewiß, es gibt Besonderheiten, benennbare und in den Büchern beiläufig auch definierte Besonderheiten des Hirnkrebsschmerzes. Dem Kenner gar fallen Abartigkeiten im Seelischen auf als erstes Zeichen der Geschwulst, auch den Angehörigen des Kranken, die ihre Beobachtungen jedoch nie beschreiben können und lange schweigen. Der gewissenhafte Arzt muß nachprüfen in jedem Fall, er darf sich auf nichts verlassen, was er sieht oder hört, der Verdächtige gehört gründlich geröntgt.

Später: Sogenannte Herdzeichen zu den Kopfschmerzen, Lähmungen, Gefühlsstörungen, Krampfanfälle, kaum merkliche Beeinträchtigungen des Gesichtsfeldes und so weiter. Verharmloste Hörstörungen. Kurz: eine bunte Symptomfülle, auf die er zu achten hatte.

Kein Arzt will auf dieselbe Weise zugrunde gehen wie seine Patienten. Wenn schon sterben und vor der Zeit, dann durch eine Krankheit aus einem anderen Fachgebiet. Der Chirurg wünscht sich den Herzinfarkt, der Internist vielleicht eine Bauchfellvereiterung. Jeder Arzt glaubt, daß er ausgerechnet die grausamsten Krankheiten, die grausamsten Todesursachen zu verwalten hat und niemand sonst. Solch ein Aberglaube entspringt der täglichen Beobachtung.

In seinem Fall also: Unter gar keinen Umständen einen Hirntumor – ja, aufkommen lassen, denn eine einschlägige Krankheit ist eine peinliche Krankheit. Eine frühe Diagnose hätte auf den Krankheitsverlauf überhaupt keinen Einfluß; es war also ganz sinnlos, auf beginnende Krankheitszeichen in dieser selbstquälerischen Art und Weise andauernd zu achten.

Tod und Scham, ein Sterben, das einem peinlich sein muß: Ja, um Gottes willen, haben Sie denn nicht gemerkt, was mit Ihnen los ist? Ein wahrhaft furchtbares Sterben, eine unbedingt zu vermeidende Todesart.

Dann wieder Sehnsucht und Fantasie. Er lag unterm Messer des Professors, bereit zum Liebesopfer. Er wußte, daß es bessere Operateure gab, Chirurgen, bei denen man eine Chance hatte. Ein Blutopfer, ohne das er nicht Sohn, der Professor nicht Vater sein kann. Natürlich fehlte nicht der Wunsch, dem Professor eine seiner häßlichen Töchter durch Heirat abzunehmen. Natürlich auch, das war wichtig, hatte man sich zufällig kennengelernt, ohne Kenntnis der Stellung des anderen.

Visite. Besucher sind höflich. Der visitierende Arzt ist kein Besucher. Im letzten Zimmer auf der rechten Seite liegt eine alte rasierte Frau in ihrem vielgelenkigen Eisenbett.

Ein operierter, selbstverständlich inoperabler Hirntumor, in diesem Alter, was will man da verlangen. Die Alte jedoch war glücklich, nicht falschglücklich wie

die Horde der Stirnhirnlosen, sondern glücklich, wie Hirngesunde manchmal sind. Ihre Freude war anstekkend, dem Operateur, im vorliegenden Fall dem Araber, nicht erklärlich. Er beteuerte jedesmal seine Unschuld. Ganz gewiß sei sein Messer nicht zu weit nach vorn geraten, dorthin, wo ein einziger Schnitt eben den Menschen blödglücklich machen kann, das müsse man ihm glauben. Zu Zeugen rief er den assistierenden Arzt auf und die Schwester. Allein, in solchen Dingen befragt man keine Zeugen.
Der Professor zuckte mit den Achseln. Nun gut, man wird sehen, glücklich oder nicht, ohne Überlebenschance in jedem Fall. Und er bemühte sich ehrlich, mit seinem Achselzucken auch Trauer auszudrücken, aber man sah nur Resignation und Gleichgültigkeit.
Vielleicht zusätzlich zum Tumor Hirnarteriosklerose, meinte der Oberarzt. Schnell bejahte der Araber. Eine Erklärung war gefunden und wurde fortan bei Bedarf wiederholt.

Das Wichtigste war, sauber zu operieren. Unklar war ihm lange die Verbindung zwischen Sauberkeit der Operation und Wohlergehen des Patienten. Diese Beziehung war jedoch eins der unerschütterlichsten Dogmen der Abteilung. Da Widerspruch nicht möglich war, mußte er es anerkennen.
Hier herrschte Ideologie statt Wissenschaft. Dennoch galt auch ihm die Operationsweise des Arabers als verwerflich. Der Araber war kein sauberer Operateur

wie der Oberarzt, der Araber schlug das von seiner Haut befreite, unschuldig kranke Hirn mit scharfer Klinge, ein Purgatorium jede seiner Operationen.

Ein jüngerer Mensch mit dem falschen Blick des Rentenjägers im nächsten Zimmer. Er nannte den Professor Herr Professor (das war üblich), den Oberarzt aber auch Herr Oberarzt, er grüßte gesondert jeden der herantretenden Ärzte, jedem schenkte er sein Lächeln, denn ein Rentengutachten war zu erstellen.
Ganz unnötig diese Freundlichkeit, denn der Rentenjäger durfte auf die blinde Neutralität des Professors rechnen wie jeder Patient.
Die Gutachtenpatienten wurden nach einem besonderen Verfahren den Assistenzärzten zugeteilt, denn ein Gutachten brachte Geld. Auf peinlichste Gerechtigkeit war also zu achten, das sagte dem Professor die Lebenserfahrung.
Er erhielt sein erstes Gutachten, ein neues Reifezeichen. Streng wollte er mit dem Bewerber ins Gericht gehen, unerbittlich, ohne falsche Rücksicht, aber wissenschaftlich scharfsichtig begründet und ärztlich. Ein wenig Raum war auch allgemein-menschlichen Erwägungen einzuräumen. Diese Mischung sollte dem Professor wohlgefallen.
Der Rentenjäger erschien in einem goldbraunen Bademantel in der Tür des Untersuchungszimmers. Stumm und grußlos wies er ihm den freien Stuhl mit der ausgestreckten Hand. Er ließ sich die Krankheitsvorgeschichte schildern. Der Rentenjäger umschmei-

chelte ihn mit Exaktheit, bewies Vertrautheit mit dem Jargon der Mediziner, formulierte druckreif, machte jeden Umsetzungsprozeß überflüssig. Er würde sich nicht einlullen lassen. Also nachfragen, genauestens nachfragen, den Rentenjäger auf die Laiensprache rückverpflichten, ihm die unverschämte Sprachanmaßung verbieten.

Der Bewerber erwies sich als firm auch im Gebrauch der Laiensprache. Er hatte schnell verstanden, daß er einem eifernden Anfänger gegenübersaß.

Der Rentenjäger mußte sich ausziehen. Schnell und behend stand er auf von seinem Stuhl. Er wußte, daß Ärzte nie Zeit haben, und nichts kannte er besser als Ärzte. Das Streben des Arztes geht weg vom Patienten, in jedem Fall, auch wenn genügend Zeit ist in Wirklichkeit.

Seine Behendigkeit konnte ihm natürlich ausgelegt werden als Gesundheit, Unversehrtheit. Das wußte er. Wußte natürlich auch, daß jede übertriebene Schmerzdemonstration ihn sofort seine Rente kosten würde. Also ließ er sich zur Sicherheit nicht den geringsten Schmerz anmerken.

Der Rentenjäger stand vor ihm, ein magerer Mann, nicht übermäßig muskulös, leicht sonnengebräunt. Auf seinem Rücken, über der Lendenwirbelsäule, ein langer, immer wieder in das gesunde Fleisch hinein verlängerter und vertiefter Schnitt; drei Operateure insgesamt hatten hier Zugang gefunden hintereinander im Verlauf von vier Jahren, entschlossen, den Rentenjäger durch den objektiven Befund entweder zu widerlegen oder zu heilen. Ein Zwischending war

nicht denkbar. Der Bewerber gab seinen Rücken her für diese Versuche, arzterfahren und operationserfahren. Jedesmal ging er ein Risiko ein, ein überschaubares zwar, aber ein Risiko bis zur Querschnittslähmung in seltenen Fällen.
Seine Aufgabe war es, sich von diesem elenden Anblick, der zuletzt wütend ausgeschnittenen und erweiterten Narbe, nicht beeindrucken zu lassen. Diese Narben hatten schließlich nichts mit dem vorgebrachten Leiden zu tun, gar nichts. Mehr noch, Ausdruck waren sie des ungebrochenen Rentenwillens des Bewerbers, und damit begründeten sie Verdachtsmomente. Von Kunstfertigkeit, von rückenchirurgischer Kunst zeugte dieses Narbengewirr längst nicht mehr.
Er begann mit der Untersuchung. Biegsam und geschmeidig legte der Rentenjäger sich auf die Untersuchungsliege, strich zuvor liebevoll das Laken glatt (das tat kein unschuldiger Patient) und streckte sich ganz lang hin.
Wieder ein Zeichen großer Erfahrung. Der Anfängerpatient, selbst der unerfahrene Rentenjäger, legt sich spontan auf den Bauch, weil er glaubt, daß sich der Arzt vornehmlich für die schmerzhaften Stellen interessiert. Dieser hier lag gleich auf dem Rücken, wußte er doch, daß auch bei lokalem Leiden eine systematische Untersuchung am Kopf beginnend stattfinden würde.
Während der Untersuchung hielt der Bewerber die Augen geschlossen. Er konzentrierte sich auf die tastenden Hände des Arztes, bemühte sich, durch Konzentration seinen noch jungen Körper in die größt-

mögliche Untersuchungsbereitschaft zu versetzen. An einen Fakir fühlte man sich erinnert.
Sie sind gesund, sagte er am Ende der Untersuchung.
Der Rentenjäger antwortete nicht sofort. Der Erfahrene widersprach nie, selbst nicht im äußersten Fall. Widerspruch befestigte das Urteil, nur Kaltblütigkeit half. Das Gesicht des Bewerbers blieb unbewegt. Während des Ankleidens drehte er ihm noch einmal seinen Narbenrücken zu, eine winzige, leise Drohung, mehr nicht. Eine leichte Beweglichkeitseinschränkung, gewiß, die mochte man ihm zubilligen, aber herunter mußte er von seiner ganz unverhältnismäßig hohen Rente.
Am Nachmittag war der Bewerber dem Professor zuzuführen, dem die abschließende Beurteilung vorbehalten war.
Eine erneute, auf den ersten Blick nur flüchtige Untersuchung fand statt, die sich jedoch auf das Wesentliche beschränkte, übersichtlich und klar, wie alles Meisterhafte auch eine ästhetische Qualität hat gerade im Chirurgischen. Noch einmal mußte der Rentenjäger seine Geschichte erzählen, die er ihm zur Empörung in Nuancen abwandelte, ohne dadurch weniger glaubwürdig zu werden. Im Gegenteil, der Professor fragte eine sauber gegliederte Leidensfolge aus ihm heraus, die einleuchtete.
Zwei Fachleute führten ein Gespräch, er hatte zuzuhören.
Schließlich fällte der Professor ein abgewogenes Urteil, gab seine Anfängerschärfe der Lächerlichkeit

preis. Nicht unzufrieden, aber aus Vorsicht noch demütig, kleidete sich der Rentenjäger wieder an und ging laut grüßend hinaus.

Täglich war die Kinderabteilung zu besuchen, und in den Säuglingsbettchen lagen die winzigsten Patienten der Abteilung, zumeist Wasserköpfe; Wasserköpfchen, wie der Oberarzt sagte. Die ausländischen Kollegen verstanden den Witz natürlich nicht. Als er über den Ausdruck lachte, sahen sie ihn erstaunt an.
Den Wasserkopfkindern wurden zumeist Ventile ins Gehirn gesetzt, die das im Überschuß produzierte Nervenwasser durch ein sinnreiches Leitungssystem ins Herz abzuleiten hatten.
Der Einbau des Ventils galt als Anfängeroperation. Der Professor fuhr mit dem Arm zwischen den Stäben der Gitterbettchen hindurch und stupste jedes Kind freundlich mit dem Zeigefinger, ein Ablenkmanöver, mehr nicht. In Wirklichkeit war seine gesamte Konzentration in der anderen freien Hand, die blitzschnell ebenfalls durch das Gitter fuhr und das unter der Kopfhaut tastbare Ventil überprüfte durch wiederholten kräftigen Druck. Wenn das Kind aufschrie, hob der Oberarzt beschwichtigend seine ein wenig zu großen Hände auf wie ein Priester.
Die Assistenzärzte schwiegen. Lediglich der jeweilige Operateur trat vor und prüfte seinerseits. Die Geschickteren nutzten dazu noch das vom Professor erzeugte Geschrei aus. Im Zweifelsfall prüfte der Professor noch einmal und abschließend; war er unzu-

frieden mit dem Ergebnis, zuckte er mit den Achseln, mit der linken ein wenig mehr als mit der rechten, und wandte sich schweigend um.

Andere Kinder wurden regelmäßig punktiert. Dazu wurde ihnen eine ausreichend kräftige Kanüle durch die noch offene Schädelnaht gestoßen, um das unter Druck stehende Hirnwasser abfließen zu lassen. Manche Kinder mußten mehrmals am Tag punktiert werden. Während der Punktion lauerten im Flur die Eltern mit bangen Gesichtern, die Mütter noch blaß von der Geburt, denn angefangen wurde mit der Behandlung sofort. Man hatte sich darauf geeinigt, daß diese Maßnahme lebensrettend sei.

Häufig verbunden mit einem Wasserkopf ist ein offener Rücken mit einer Spaltbildung in der Wirbelsäule. Jeder wird doch verstehen, daß man so etwas nicht dulden kann, daß so etwas verschlossen werden muß: Die Kinder werden meist nicht gut, sagte der Oberarzt. Ein undankbarer Eingriff.

Mit Abscheu sah er die krampfhafte Ruhe der Eltern, ihre Höflichkeit, ihre kriecherische Verehrungsbereitschaft noch angesichts ihres todwunden Kindes. Wie sie dienerten vor dem Professor, wie man hinter ihrer geordneten Freundlichkeit beinahe nichts von ihrer Verzweiflung merkte: das machte ihn schon betroffen, als er noch kaum etwas vom Fach verstand. Sie versicherten einander, daß es keinen Sinn hat, sich aufzuregen, daß Aufregung alles nur noch verschlimmert. Sie lächelten zurück, wenn man sie anlächelte. Und ihr Neugeborenes wimmerte unter der Punktion.

Soviel Vernunft noch angesichts des sterbenden, mit der Geburt zu einem langsamen Tod verurteilten Kindes. Immer noch erkannte man als größere Bedrohung den verstimmten, beleidigten, nicht genügend hofierten Arzt, den ungnädigen Professor. Denn eine Operation stand in jedem Fall noch an; es gab zwar keine begründete Hoffnung mehr auf Heilung, davon spürte jeder etwas, aber einen noch so winzigen Hoffnungsrest zerstören durch eine Mißachtung des Arztes: auf diese furchtbare Weise wollte niemand schuldig werden am Tod seines Kindes. Die wartenden Eltern, diese Erzeuger todkranker Früchte (er hatte das mehrfach gesehen), verabschiedeten sich mit einem schiefen, verklemmten Lächeln, wenn endlich alles zu Ende war.
Vorstellen mußte er sich noch, wie sie abends zu Hause vor dem Fernseher saßen, Hand in Hand im ersten Schmerz, auf der grünen Couch aus Cord und Leder, und schon für Minuten die Trauer vergaßen vor den laufenden Bildern. Schließlich trösteten sie sich mit dem, was sie hinter sich hatten. Die Klinikbesuche waren zwar zur Routine geworden, aber dennoch waren sie abzusprechen mit den Kollegen und Vorgesetzten und Nachbarn, denn die Arbeit mußte ja getan werden. Auch die Fahrt zum Krankenhaus hatte Planung erfordert und Verzicht. Und man war ja noch jung.

Der Ruf des Professors war ausgezeichnet; Journalisten der lokalen Blätter mühten sich um ihn und verstanden es immer wieder, seinen Namen zu nennen bei verschiedenen Anlässen und Einweihungen.

Einmal schrieben sie über einen seiner gewagtesten Eingriffe. Einem siebzehnjährigen Kind sollte ein wildwuchernder Blutschwamm aus dem Gehirn entfernt werden. Mehrere Universitätskliniken hatten die Operation abgelehnt. Das Siebzehnjährige war wirklich noch ein Kind, denn die Krankheit hatte seine Reifung verhindert, und die Eltern waren ungeduldig und nahmen auch gern ein Risiko in Kauf, denn die Pflege war teuer.

Die Aufklärung über die Natur des Eingriffs, über seine Schwierigkeiten, seine Unwägbarkeiten war ungewöhnlich ausführlich. Er hatte den Eindruck, als wolle der Professor sein Gewissen schon vorher beruhigen. Er teilte die Verantwortung mit diesen Eltern, die nicht nur skrupellos, sondern, wie sich herausstellte, auch einfältig waren.

Er sah den Eingriff mit an. Die Operation dauerte beinahe zehn Stunden. Alle wußten, daß das Kind in der achten Stunde bereits gestorben war. Aber mit Technik und Willen zwang man den Körper noch durch den ersten postoperativen Tag und meldete begrenzten Erfolg.

Es war der Professor, der sich im kleinen Kreis heftig beklagte über die Leichtfertigkeit der Zeitungsschreiber. Er wollte nichts zu tun haben mit ihren übertriebenen Laienerwartungen.

Man konnte in keinem Fall behaupten, daß der Professor leichtfertig Heilung versprach vor einem Eingriff. Er war nicht ruhmsüchtiger als viele andere; ein Teil seiner Ruhmsucht war schon befriedigt durch Amt und Titel. Heilung versprach er eigentlich nie, im Gegenteil, seine Ermahnungen zu vorsichtigem Entschluß erschienen dem Anfänger gelegentlich sogar übertrieben.

Aber im Laufe der Monate lernte er, daß dahinter ein ganz anderes Kalkül steckte. Der Professor war zutiefst davon überzeugt, daß jeder Kranke mit einem körperlich faßbaren Befund die Pflicht hatte, sich operieren zu lassen, und daß er die Pflicht hatte zu operieren, daß aus dem schicksalhaften Zusammentreffen von Krankem und Operateur eine überpersönliche Handlungspflicht erwuchs: Das Schicksal hieß nicht nur Krankheit, sondern auch Operation. Dagegen fielen die lächerlichen, mehr oder weniger konstruierten Entscheidungsfreiheiten überhaupt nicht ins Gewicht. Der Arzt diente einem Ganzen. Krankhaftes war abzutrennen um jeden Preis. Und allmählich war er davon überzeugt, daß der Todkranke wenn nicht Heilung, dann wenigstens Bestrafung seines unzuverlässigen Körpers forderte.

In diesem Jahr begann mitten im Sommer ein Stück Herbst. Streng und deutlich, von einer vorübergehenden Verschlechterung des Sommerwetters konnte keine Rede mehr sein. Es war wirklich Herbst, was sich da vor dem Fenster aufführte. Und die Herbstgefühle blieben nicht aus, Wehmut und Trauer um verlorene Hitzewonnen. Der Sommer erschien wie eine einzige verpaßte Gelegenheit.

Ausgerechnet zu dieser Zeit hatte er eine Woche Urlaub genommen, weniger aus eigenem Wunsch als aus Notwendigkeit. Sein Jahresurlaub ließ sich nicht länger aufschieben.

Sie hatten sich nichts Besonderes vorgenommen, eine Reise war nicht geplant. Die unberechenbaren Kinder vereitelten ja überhaupt jede Planung. Hinzu kam die verantwortungslose Witterung.

Schnell verstrichen die Tage. Erneute Wehmut. Er dachte sich nicht anders, als daß er nur so herumsäße. Er versuchte, sich die Abteilung vorzustellen, die ohne ihn kein Bild ergab. Mangel und Provisorium, nichts sonst. Dabei hielt er sich nicht für unentbehrlich, er neigte keinesfalls zur Selbstüberschätzung; vielmehr hatte er das Leben der Abteilung mit allen Sinnen aufgesogen, so daß er nicht nur der Abteilung fehlte, sondern eine Beziehung unterbrochen hatte.

Bis zum Mittag saß er im Schlafanzug und versuchte, die Behäbigkeit und wollüstige Langsamkeit seiner Bewegungen zu genießen. Er aß viel. Er dachte nach; man könnte hinfahren und von außen ansehen ...

Sie frühstückten spät, sahen gemeinsam zu, wie die Kinder sich wütend in den Schlaf hineinbalgten. Plötzlich trat tiefe Stille ein, wie er sie lang nicht mehr gespürt hatte. Sie saßen einander gegenüber, zwischen ihnen die Essensreste. Eine halbvolle Weinflasche. Er trank mit aufgestützten Ellenbogen, also sinnend. Er fühlte sich nicht berechtigt, einfach nur auszuruhen. In drei Tagen fing der Dienst wieder an.

Jeder trank seinen Wein aus, dann verabredeten sie sich fürs Bett. Er ging schon voraus, sie wollte den Tisch noch abräumen. Sie freute sich mehr auf den Schlaf, er wußte das. Nackt lag er in seinem kühlen Bett und wartete, die Hände hinter dem Kopf gefaltet. In der Küche klapperte Geschirr. Zwei Türen schlugen zu. Er schloß die Augen, um nicht sehen zu müssen, wie seine Frau sich vor ihm auszog, nicht verführerisch: sachlich; in seiner Vorstellung bei jedem Kleidungsstück erwägend, ob es bereits reif für die Waschmaschine war.

In die Ausziehgeräusche mischte er Fantasiebilder – auch das war ja erprobt.

Als erstes sagte sie ihm, daß sie erbärmlich fror, und klapperte mit den Zähnen. Sie legte sich in seinen Arm und suchte überall seinen Körper; von ihren Füßen wollte er nichts wissen.

Keine Ferienstimmung, nur gedankenschwere Bewegungsverarmung. Die alltägliche Munterkeit der Kinder setzte ihn andauernd ins Unrecht. Seine Frau war still und weinte leicht. Sie versöhnten sich jeden Morgen und schoben ihre Reizbarkeit auf das hoffnungslos verfestigte Herbstwetter. Vorsichtige Zweifel äußerte seine Frau, ob die Arbeit »das richtige« für ihn sei. Er sehe doch kaum Erfolge, mehr Sterbende, mehr zum Tode Verurteilte bereits mit der Einlieferung. Eine solche Arbeit höhle den Menschen aus, mache ihn notwendig unempfänglich, töte ihn schließlich.

Er wollte nicht widersprechen. Wer sich verteidigt, klagt sich an. Er wollte, daß sein Schweigen wie Hochmut erschien. Ihre Befürchtungen hörte er an unter bedenklichem Kopfwiegen, das sie auf Abstand bringen sollte. Er konnte diese Dinge nicht mit ihr besprechen, er konnte die Abteilung nicht verraten. Sie selbst mochte ihm eine unklare Last abspüren, aber nie würde sie allein die Erklärung finden können.

Später erinnerte er sich an ihre unklaren Ängste.

Ihre Angst ging auf Grundsätzliches, während er noch in dem suchte, das zutage lag.

In diesen Tagen suchte er nach Ausreden für einsame Spaziergänge. Erkundungen wollte er sich vornehmen, Spurensuche, Aufspüren verlorener Kindheitsgefühle, die er zuerst in seiner Stadt wiederfinden konnte. Es trieb ihn an den Fluß hinaus, an dieses schmutziggraue Industriegewässer, wo er früher mit dem Vater stand, der ihm die vorbeiziehenden Schiffe abschilderte. Er kannte sich aus mit Tonnagen, Flaggen, Regeln der Binnenschiffahrt wie der Seeschiffahrt. Naturerlebnis kannte er nur in Begleitung des Vaters, nichts war ihm die Natur ohne die gleichzeitige väterliche Schilderung, ohne seine Ermahnungen zur Freude. Als er am Flußufer jetzt stand, wurde ihm der Verlust des Vaters erst deutlich als Wirklichkeitsverlust. Durch ihn hatte er gesehen, gehört, gelebt.

Ohne den Vater war er schließlich versteinert. Mit einem Mal wußte er, was die Leute mit einem schmerzlichen Verlust bezeichnen wollen.
Es nützte ihm wenig, daß er sich zur Betrachtung der Flußlandschaft die Beschreibungen des Vaters ins Gedächtnis zurückrief, daß er sich sogar seine Stimme herbeiholte. Er warf Kiesel hinaus auf das vorbeitollende Wasser, auch zu Schwung und Wurf hatte er Erinnerungen. Der Nibelungenschatz fiel ihm ein und erste Leseschauder.
Die Wiesen am anderen Flußufer, feuchte Wiesen, wußte er noch, bis zum Horizont: Grasmeer. Am Himmel hingen wenige dünne Bäumchen: Runenschriften. Als Kind hieß das Land hinter dem Fluß Reich der Freiheit und war unbekannt.
Also Heimat, seine Landschaft? Das war nicht das Wichtige; er stand auf Erlebnisgrund.
Eine Schiffssirene ermahnte ihn; ein unklarer, aber beruhigender Ruf.
Oder eine Forderung, ein Ruf ans Gewissen. Zu Hause wartete die Familie, ein stummer ununterbrochener Anspruch. Die Vergangenheit konnte er nur finden, solang er allein war.
Er wandte sich um und ging. Er hörte auf das ewige Gemurmel des Flusses, das gereizt klang oder nur aufgeregt oder wie ein unerfüllbares Versprechen.
Die freie Woche ging zu Ende, indem seine von Kindheit an gewohnte Sonntagsangst die Urlaubsmelancholie überdeckte. Seine Frau bereitete im Vierstundenrhythmus die Sonntagsmahlzeiten. Gegen Abend riß die Bewölkung auf, und spät sah man noch strah-

lende himmelblaue Fetzen zwischen den unschlüssigen, abziehenden Wolken. Er wollte nichts lesen, nicht sprechen, nicht fühlen und dämmerte vor dem Fernseher dahin, bis seine Frau ihn zu sich rief.

Er war auf Veränderung gefaßt. Nichts hatte sich verändert. Die Morgenbesprechung, ein zum Wahnsinn ausgeweitetes Operationsprogramm, den mit aller Lungenkraft an seiner Zigarette saugenden Araber, den falschfeigen Jugoslawen, den maulsperrigen Holländer und den Mann aus Ostasien: all das gab es noch. Seit Äonen gleich der Oberarzt und der Professor.

Eine unerhörte Neuigkeit brachte der nächste Tag: Der Professor, bei unaufhörlich sich befestigendem Ruhm, wurde zu einer höheren ehrenamtlichen Aufgabe berufen in Angelegenheiten der Obersten Krankenhausleitung. Er wünschte für die Zukunft einen Helfer, der sich ausschließlich um die Privatpatienten, die Selbstzahler, zu kümmern hatte, von denen er sich acht bis zehn regelmäßig hielt in eigens dafür vorgesehenen Zimmern.
Beiläufig, gegen Ende der Morgenkonferenz, übertrug der Professor ihm diese Aufgabe und befreite ihn von allen anderen Stationspflichten. Der wahrscheinlich vorbereitete Oberarzt lächelte ihm aufmunternd zu, der Araber verdüsterte sich, der Jugoslawe lachte

leise, der Holländer schnappte mit dem Mund, der Asiate biß sich auf die Unterlippe und stellte die Augen schräger.
Er selbst errötete heftig.
Noch benommen stand er mit den anderen auf, denn die Besprechung war beendet. Mit einem Mal war er ins Lebenszentrum der Abteilung vorgestoßen, zufällig und glücklich wie ein romantischer Taugenichts, ohne Leistung oder Wissenschaft. Vorzuweisen hatte er nur seine Treue.
Der Professor verabschiedete seine alten Patienten, die Betten wurden vorbereitet für Neuaufnahmen, er hatte sein Amt anzutreten.
Mit äußerster Geschmeidigkeit paßte er sich von nun an den Gewohnheiten und Wünschen des Professors an, strebte nach fugenloser Nähe. Dabei sollten nicht Zwang und Unterordnung bestimmen, sondern Rücksicht und liebevolle Begleitung.
So war er häufiger bei der Sekretärin des Professors, wartete, erkundigte sich mit Umsicht, fing an, sich wohl zu fühlen, verstand die Sekretärin nur noch als ergebenen Kurier und wurde selbstsicher. Er allein half dem Professor schließlich bei seinen Operationen, lernte seine Handgriffe kennen, seine Fertigkeiten, seine Besonderheiten wie zuvor vielleicht nur der Oberarzt.
Vor den anderen behandelte der Professor ihn nicht pfleglicher, aber seine Strenge konnte er ihm jetzt ganz leicht verzeihen, denn es gab diese einsamen Privatvisiten zu später Stunde, bei denen der Professor – auf dem Flur zwischen zwei Zimmern – über Geheim-

nisse sprach aus dem innersten Leben der Abteilung. Auch bemerkte er dies und jenes über die Kollegen, Abfälliges, Ironisches, Übermütiges. Sorgfältig vermied er es, dem Professor vorschnell zuzustimmen, dem an einem glatten Schmeichler nichts liegen konnte. Er hatte sich ein nachsichtiges Lächeln angewöhnt statt dessen, das alles, aber auf gar keinen Fall Widerspruch bedeutete. Gelegentlich verteidigte er halbherzig den Verleumdeten. Konnte der Professor seinen Einwand überhaupt nicht zulassen, sah er ihn verständnislos an. Dann allerdings beeilte er sich, schleunigst zu widerrufen, und lieferte die Zustimmung nach.

Zufrieden verabschiedeten sie sich voneinander.

Die Kollegen behandelten ihn vorsichtiger, ohne ihn zu schneiden. Der Araber bemühte sich auffällig um seine Freundschaft, lud ihn ein zu Zigaretten und Kaffee, unterbreitete seine Pläne, teilte Beobachtungen mit, gab Ratschläge zu seinem Besten.

Anzüglichkeiten und Unterstellungen kamen vom Jugoslawen, niedrige Beweggründe warf er ihm vor, Anbiederungssucht, Großmannssucht; an Ikarus erinnerte er ihn und an dessen Sturz.

Der Holländer und der Mann aus Asien wurden stiller.

Merkwürdig war, daß auch der Oberarzt ihn gelegentlich nach seiner Meinung fragte, durchaus ernsthaft und bereitwillig. Er hörte aufmerksam zu und sah ihn an mit seinen beweglichen Augen.

Er operierte häufiger selbständig; die Hilfen des Professors wurden wohlwollender. Eines Tages stellte ihm die ewig gereizte Operationsschwester stumm einen Kaffee hin, schob sogar Milch und Zucker herüber. Er war angenommen.

Die Zweifel am Grundsätzlichen, Fachlichen verschwanden hinter technischen Fragen. Auch er lernte, die Operationen weniger nach ihrem Ergebnis, als vielmehr nach ihrem Verlauf zu beurteilen.

Frühmorgens wurde ein etwa dreißigjähriger Mann hereingebracht, der zu Hause bewußtlos umgesunken war, nach einem kurzen Aufschrei, wie man später von der Ehefrau erfuhr.

Man veranlaßte das Nötige mit ruhiger Routine, die allen eine gewisse Sicherheit gab. Festgestellt wurde eine Blutung aus einer angeborenen Aussackung einer Hirnschlagader. Der Kranke wurde auf die Intensivstation gebracht und verdämmerte einige Tage in wechselnder Bewußtseinslage. Die Ehefrau, die Kinder, nähere und fernere Verwandte erschienen, ein wichtigtuerischer Mitarbeiter. Sie berichteten und stellten ihre Fragen. Man verstand allmählich, daß man es mit einem bedeutenden Menschen zu tun hatte, einem dieser jungenhaften Magnaten, die sich umtriebig an die Spitze der Unternehmung schaffen.

Nun lag er mit unverständigen leeren Augen und sah während der Visiten von einem zum anderen, verblödet innerhalb von Sekunden ohne die geringsten Vorzeichen, abgestürzt aus seinem reichen Lebensgewirr ins Reich des Animalischen.

Es war kein Lebenswille mehr, was einen aus diesen Augen ansah, es war bloß die Weigerung der lebendigen Substanz, in einen anderen Aggregatzustand einzutreten. Ein chemisches, kein seelisches Problem mehr.

Unerhörtes hofften die Angehörigen: Man solle doch operieren, man solle Heilung schaffen, man sei doch schließlich beim Spezialisten, man könne doch wohl erwarten beim heutigen Stand der Medizin, und so fort.

Die gröbsten Schmeicheleien wechselten mit unverschämtem Anspruch, wie häufig bei großen Leuten.

Jeden Tag stand davon eine Ansammlung auf dem Flur vor dem Sekretariat, verlangte mit kaum unterdrückter Wut den Professor zu sprechen, verschränkte die Hände hinter den Rücken.

Sie wippten auf den Fußspitzen, sahen auf ihre goldenen Armbanduhren, verschwendeten ihren Kunstverstand an die gerahmten Kalenderblätter, die die Wände dekorierten, traten heran und wieder zurück, um plötzlich dem Professor das demütigste Vertrauen zu erweisen in ihrer weltläufigen Sprache.

Auch in solchen Fällen ging der Professor nicht über knappe Anmerkungen hinaus, Fußnoten höchstens zum Bericht des Angehörigen. Das war geschickt und elegant. Vielleicht hob er ein wenig häufiger die Hände auf zum Zeichen des furchtbaren Eigenwillens der Natur. Der andere nickte dann und verstand doch nicht; seine Hoffnung läßt sich niemand rauben durch Einsicht.

Er selbst mischte sich vom ersten Tag an in die Verhandlungen ein, unzuständigerweise, denn der

Kranke lag ja noch auf der Intensivstation und gehörte ganz anderen Leuten. Bald lernten einige der Herren, daß auch er eine gewisse Rolle im ablaufenden Drama spielte, sprachen ihn freundlich an und ein wenig nachsichtig, ohne sich jedoch vom Professor ablenken zu lassen, der sich im kleinen Kreis beschwerte über die Zudringlichkeit der Besucher und ihre hohlen Fragen.

Am Nachmittag des dritten Tages erschien die Ehefrau des Kranken, gefaßt und elegant, stark geschminkt, bereits ein wenig in Trauerkleidung. Darüber hätte er lachen können. Das Haar trug sie offen, eine Mischung aus Blond und Braun, die ins Grünliche spielte. Die Frau gab zu verstehen, daß ihr Chauffeur warte weiter hinten im Flur. Sie war nicht ängstlich oder traurig, höchstens ein wenig irritiert und aufgeregt und befingerte andauernd seine Schreibtischutensilien, ohne ihn anzusehen.

Mit leicht zurückgelegtem Kopf sah sie zum Fenster hinaus, stellte kurze Fragen, an deren Beantwortung sie gar nicht interessiert war. Das Schicksal ihres Mannes fand sie so furchtbar wie ein Eisenbahnunglück.

Er hätte ihr sagen können, daß nach seiner Einschätzung an komplikationsloses Sterben überhaupt noch nicht zu denken war, daß das Furioso der Apparate und Hände ja noch ausstand.

Dabei spürte er, daß die Frau etwas Bestimmtes von ihm wollte, ohne dafür die Worte zu finden. Ihr nervöses Geklimper war ihm Ersatz für die unausgesprochene Frage: Wird er leben? Wird er blöd sein, wenn

er lebt? Werden vielleicht all die Peinlichkeiten auf mich zukommen, denen Angehörige eines Verblödeten nicht entgehen können?
Rasch beendeten sie das Gespräch.
Überhaupt hatte es ihn auch in anderen Fällen erstaunt, daß die größte Furcht der Angehörigen stets die Furcht vor der Verblödung war. Eine ärgerliche Anspruchshaltung entstand daraus: Mit dem Tod wollte man nicht rechnen, die Verblödung als Preis des Überlebens wollte niemand in Kauf nehmen. Kein Wunder, daß der Arzt mehr noch als den Patienten den unverschämten, den in jedem Fall unverschämten Angehörigen haßt.
Zögernd reichte die Dame ihm die Hand und ging hinaus mit zierlichen Schritten und nachdenklich gesenktem Kopf.
Der Kranke erholte sich kaum. Sein Zustand war im Gegenteil derart bedenklich, daß eine Operation eine vorsätzliche, nicht nur eine fahrlässige Tötung bedeutet hätte. Der Professor stand vor dem Krankenbett und wackelte mit dem Kopf, zuckte schief mit den Achseln; fragend sah er nicht den anderen an, fragend sah er in sich hinein und horchte auf eine innere Stimme, die Entscheidung also aus seiner eigenen Mitte erwartend.
Er betrachtete den Professor von der Seite und fühlte sich aufgerufen zu Rat und Ermutigung. Mit winzigen Bemerkungen, Anfeuerungen, die aus nur einem einzigen Laut bestehen konnten, unaufdringlichem Kopfnicken zur rechten Zeit bekräftigte er subverbal alle Gesichtspunkte, die für eine Operation sprechen

könnten. Dies aus Abenteuerlust und weil der zögernde Professor ihm am nächsten stand.
Manchen Blick des Professors verstand er als dankbaren Blick. Der Oberarzt äußerte kleinmütige Bedenken und wusch seine Hände in Unschuld.
An einem heißen Sommermorgen erstmals eine leise Besserung. Die Augen des Kranken weniger stumpf und blöd, eher die Augen eines Säuglings, der zum ersten Mal seine Mutter erkennt. Jetzt mußte die Entscheidung fallen, diese Chance kam nicht wieder. Wie beim Roulette, wenn zehnmal hintereinander Rot gefallen war: Jetzt alles auf Schwarz oder nie.
Morgen operiere ich Sie, sagte der Professor in das gelähmte Kindergesicht hinein und tätschelte die vom Pfleger nachlässig rasierten Wangen.
Er atmete erleichtert auf.
Für den Nachmittag wurde noch einmal die Ehefrau einbestellt. Die Einverständniserklärung war zu unterzeichnen, letzte Aufklärung über das unerhörte Risiko dieses dennoch so notwendigen Eingriffs fand statt.
Die Frau war mit allem einverstanden; an ein Risiko glaubte sie nicht. Die Bedenken des Professors hielt sie für überflüssig; sie sollten nachher den Erfolg nur um so großartiger erscheinen lassen. Sie kannte den Trick aus ihrer Welt und verzieh; sie wußte, was zum Geschäft gehört.
Unbeirrt fuhr der Professor in der Schilderung fort: Der Zustand des Kranken sei nach wie vor äußerst bedenklich, zugegeben, trotz einer kürzlichen leichten Besserung.

(Einmal kam es ihm so vor, als zwinkere die Frau dem Professor zu: Wir zwei wissen doch Bescheid. Aber er war so angespannt, daß er sich täuschen konnte.)
Am Schluß des Gesprächs, man hatte sich schon erhoben, etwas ganz Überraschendes:
Bitte, sagen Sie mir die Wahrheit.
Ja, hatte sie denn überhaupt nicht zugehört? War alles umsonst gewesen? Der Professor hatte doch die ganze Zeit über nichts als die Wahrheit gesagt.
Aber das war kein ernsthafter Wunsch mehr, das war nur noch ein Topos aus einem Arztroman. Der Professor, geduldig und fantasiearm, berichtete jedoch noch einmal von Anfang an.
Die Frau unterschrieb, ohne den Vordruck zu lesen. Sie kannte den Umgang mit Formularen. Der Professor verlangte, daß er das unterzeichnete Dokument unverzüglich zu den Krankenakten nehme; er hatte verstanden.

Am nächsten Morgen, wegen der zu erwartenden Schwierigkeiten eine Viertelstunde vor der gewohnten Zeit, sollte mit dem Eingriff begonnen werden. Auf dem Operationsprogramm standen der Professor, der Oberarzt und er. Eine mehrstündige Folter stand ihnen bevor, eine Höchstleistung wurde wieder einmal erwartet im Stehen, Ruhighalten und Einstekken von Boshaftigkeiten und Beschimpfungen.
Nur wenig Betäubung brauchte der Schwerstkranke. Ganz leicht glitt er in die Narkose hinein. Mit freudiger Eile schob der Narkosearzt sein Atemrohr in die

Luftröhre. Die Widerstandslosigkeit des Patienten hätte alle warnen sollen.
Gelöst und heiter setzte man das Begonnene fort. Die Beatmungsmaschine gab einen anmutigen Rhythmus vor; es war ein schöner Morgen. Leichthändig deckte der Professor das Operationsfeld ab, nähte die Tücher mit winzigen Stichen an der Kopfhaut fest, die ausnahmsweise vorzüglich rasiert war, scherzte nach links und rechts und lachte immer zuerst über seine Witze.
Auch der baumlange Chefanästhesist war vergnügt. Die Apparate arbeiteten ganz ausgezeichnet. Der Körper des Kranken wehrte sich nicht in blindem Reflex, sondern blieb willig und ruhig.
Außerdem gab es an diesem Selbstzahlerkörper einiges zu verdienen, keine Kleinigkeit. Die Summe war natürlich abhängig von der Überlebensdauer, das heißt von der Anzahl der zu plazierenden ärztlichen Einzelleistungen, die ja dem Abrechnungssystem zugrunde lagen. Sichergestellt war durch dieses Verfahren, daß nicht nur der Kranke an seinem Schicksal interessiert war.
Die gute Laune des Professors steckte die Gehilfen an. Mit einem witzigen Schwung warf er nach dem Annähen der Tücher die Instrumente ab, die für den weiteren Fortgang nicht mehr zu gebrauchen waren. Dann zeichnete er den Hautschnitt an, der diesmal quer verlaufen sollte, eine knappe Handbreit oberhalb der Stirn. Ein feiner roter Tintenstrich entstand. Quermarkierungen wurden angebracht, um beim Nähen der Haut Verwerfungen zu verhindern.

Dann der eigentliche Hautschnitt, nicht zu zart, nicht zu kräftig, glatt hindurch bis auf den Knochen, ohne Reißen und Zerren. Kopfschwartenklemmen verhinderten eine Blutung aus den Wundrändern. Die Gehilfen hatten ihre scharfen Haken einzusetzen. Der Skalp wurde nach vorn geklappt und mit einem einzigen kräftigen Ruck über die Stirn und die Augen gezogen.
Der weiße, schimmernde Knochen und keine wesentliche Blutung; so begann ein Meisterwerk.
Der Professor legte Bohrlöcher an und sägte den Knochendeckel aus, den die Schwester aufzubewahren hatte in einer silbrigen Schale, die mit Nährlösung gefüllt war.
Die Harte Hirnhaut lag jetzt frei, und kaum eine halbe Stunde war verstrichen. Schnelle Scherenschläge nach links und rechts, dann sah man auf glattes, unversehrtes, feingeädertes Hirn.
Die Bewegungen des Professors wurden vorsichtiger und respektvoller. Nicht mehr mit groben Schlägen und Schnitten behandelte er (wie zuvor die äußeren Hüllen und den Knochen), mit feinsten Pinzettengriffen und vorsichtigem Nachstopfen von blutstillender Watte drängte er die Hirnhälften auseinander und drang unaufhaltsam in die Tiefe.
Ein schöner Verlauf bisher. Es herrschte große Zufriedenheit.
Es kam der Augenblick, in dem der Professor den Gehilfen befahl, die sogenannten Hirnspatel einzusetzen und ihm das Gewebe wegzuspreizen über dem Krankheitsherd. Er demonstrierte ihnen die Anato-

mie, benannte die Zu- und Abflüsse zu einem rötlich schimmernden Säckchen, aus dem es derart verhängnisvoll geblutet haben sollte.

Der Professor verfeinerte seine Bewegungen noch einmal. Eine Hilfsschwester setzte ihm die Lupenbrille auf. Er steigerte die Spannung noch, indem er sich lange nicht dem zum Bersten, zum erneuten Bersten vollen Blutsäckchen zuwandte, sondern in dessen weiterer Umgebung zierliche Vorbereitungen ausführte. Die ganze Arbeitsqual lag jetzt bei den Gehilfen, die mit äußerster Anstrengung ihre Hirnspatel absolut ruhig zu halten hatten, ohne das Gewebe zu quetschen.

Stundenlang konnte das noch dauern. Mißtrauisch und übelwollend, uralte Kränkungen weitergebend, sah der Professor ihm unter den Spatel.

Sehen Sie, wie Sie das Hirn quetschen? Hier und hier, die Quetschfurchen?

Er hätte etwas zu erwidern, was jedoch einfach unmöglich war. Aus den einfachsten physiologischen Gründen sei es ganz unmöglich, diese Hirnspatel aus stumpfem, weichem Metall über Stunden ruhig zu halten; den elementarsten Gesetzen der muskulären Aktivität widerspreche sein Verlangen, hinter dem ihm überhaupt eine Portion Sadismus zu stecken scheine. Denn gut bekannt sei ihm aus Büchern und Erzählung, daß man andernorts schon längst die vorzüglich arbeitenden, ungeheuer genauen und schonenden Selbstsperrer benutze statt dieser unförmigen Hirnspatel. Auf Selbstsperrer könne man allerdings nicht, wie der Professor das ja nun einmal liebe, her-

abschimpfen; am Automaten könne man keine Rache nehmen.
Aber er schwieg. Im übrigen wurde ihm beiläufig gezeigt, daß es unter dem Hirnspatel des Oberarztes keineswegs derart matschig und unordentlich aussah. Er hatte auch im Ruhighalten Übung.
Schließlich war der Augenblick gekommen, daß das rötlich schimmernde Blutsäckchen mit einer feinen metallenen Spange, einem sogenannten Clip, abgeklemmt und ausgeschaltet werden sollte. Die eigentliche Heilung stand unmittelbar bevor. Aber dieser Moment war der allergefährlichste; denn platzte das von einer dünnen Haut zusammengehaltene Säckchen, war der Tod des Kranken beinahe unausweichlich.
Der Professor ließ sich mehrere Clips zeigen, verwarf sie alle, verlangte größere, kräftigere, wie er überhaupt das größere, kräftigere Geschirr dem feinen, zerbrechlichen vorzog.
Nichts konnte die Schwester ihm anbieten, das ihn vollständig befriedigt hätte. Es wußten alle, daß sich hinter dieser wählerischen Sorgfalt die Absicht verbarg, im Falle des Versagens die Schuld auf das unzulängliche Material zu schieben. So durfte der Professor sich letztendlich auch nicht einverstanden erklären mit dem geeignetsten Clip. Immer noch mußte er betonen, daß die getroffene Wahl nichts als einen Kompromiß darstelle, keinesfalls ein Optimum. Er operierte sozusagen unter Protest und Vorbehalt.
Dann trat tiefste Stille ein. Der Professor hatte das

Silberspängchen mit der Pinzette gefaßt und führte es an das Blutsäckchen heran. Er zitterte ein wenig. An die Gehilfen erging die strengste Aufforderung, nunmehr ihre Hirnspatel nicht nur ruhig, sondern absolut ruhig zu halten.

Er traute sich nicht mehr zu atmen, denn auch die Atembewegung überträgt sich auf die Hände. Der Professor zögerte noch, bat noch einmal um Korrektur der Lupenbrille, behielt die Pinzette aber in der Hand. In der Tiefe des Gehirns vibrierte das Silberspängchen.
Da geschah es, daß er den Atem nicht länger anhalten konnte. Indem er sich noch gegen das Ausatmen wehrte, mußte er sich bereits unwillkürlich bewegt und mit der Spitze seines Instrumentes, die er ja nicht sehen konnte, das Blutsäckchen berührt haben.
Was haben Sie getan? Sie bringen den Mann ja um!
So laut hatte er den Professor noch nie schreien gehört. Ihm wurde dabei ganz dumpf zumute. Aus der Tiefe des Hirnkraters stieg ein hellroter Blutsee auf, der sich rhythmisch immer wieder füllte, sooft der Oberarzt ihn auch mit dem Sauger bis auf den Grund leerte.
Erschrocken erkundigte sich der Anästhesist, was denn geschehen sei, und beugte sich ganz tief hinunter, um Sicht zu haben und abschätzen zu können.
Was geschehen ist? Es blutet! rief der Professor voller

Trotz und Vorwurf, allerdings ohne das zugrundeliegende Versagen noch einmal zu erwähnen. Hatte er ihm so schnell verziehen? Er schielte zu dem heftig hantierenden Professor hinüber, dem die Lupenbrille von der Nase zu rutschen drohte. Immer wieder verlangte er freie Sicht, für die ihm die Gehilfen verantwortlich waren.

Als er verstand, daß seine Ungeschicklichkeit den Kranken getötet hatte, wurde er mit einem Mal ganz ruhig. Das Unglaubliche war also geschehen, das, was er nie für möglich gehalten hätte, das er bisher nur aus seltenen Träumen kannte: Er hatte einen Menschen getötet. Daran war so wenig zu zweifeln wie daran, daß er kein Mörder war. Beides war unumstößlich gewiß.

Was soll ich nur tun, jammerte der Professor, dem immer wieder helles Blut entgegenschoß, das schon etwas wäßrig aussah. Geordnetes, umsichtiges Handeln war nicht möglich.

Er dachte: Ich habe nichts verloren in diesem Fachgebiet. Meine Hände sind grob und unbeweglich, dann wieder im Gegenteil nervös und unberechenbar.

Den Dienst quittieren, dachte er noch, dem unehrenhaften Abschied zuvorkommen. Welche Zusatzarbeit habe ich dem Professor aufgebürdet. Sieh doch, wie er zu retten sucht um jeden Preis, wie er sich immer wieder in den aufschäumenden Blutsee hineinwühlt, ohne vollends zu verzweifeln.

Allmählich wurde der Blutverlust auch bedeutsam für

den allgemeinen Kreislauf. Der Narkosearzt schickte sich in das Unvermeidbare, traf umsichtige Vorbereitungen, sandte seine Helfer aus, um Blutkonserven zu beschaffen zusätzlich zu den bereits vorhandenen, die zu jedem größeren Eingriff gehören.
Die Helfer nickten gehorsam und beeilten sich ohne Hast. Im Gegenteil wollte jeder dadurch auffallen, daß er trotz der auf den Tod gefährlichen Lage einen kühlen Kopf bewahrte.
In seiner dumpfen Ruhe beobachtete er merkwürdig hellsichtig. Ein Zwischenfall, selbst ein katastrophaler Zwischenfall, ist immer noch Anreiz zum Konkurrenzkampf. Erst jetzt konnte jeder zeigen, was in ihm steckte. Schlummernde Reserven wurden mobilisiert, um dem Unglücklichen zu beweisen, zu welcher Solidarität der Ärztestand in der Lage ist. In Wirklichkeit herrschten natürlich Häme, Todesgier und Sensationslust.
Die Stimmung war überhaupt am besten, wenn ein Kranker seinen Todeskampf begann. Man ging dann viel freier miteinander um, Hemmungen und Schüchternheit verloren sich, der Todeskampf des Patienten machte alle Helfer ein wenig gleicher.
Jetzt bildeten sich zwei Mannschaften heraus, eine Narkosemannschaft und eine Chirurgenmannschaft, die einen harten, aber fairen Kampf gegeneinander aufnahmen. Die Chirurgenmannschaft, angeführt vom Professor, lautstark unterstützt vom Oberarzt, von der Instrumentierschwester mit scharfem Zischeln angetrieben, verlangte eine unverzügliche, bedingungslose Senkung des Blutdrucks, um das ge-

platzte Gefäß versorgen zu können. Die Narkosemannschaft widersprach heftig. Dabei tat sich ein rotgesichtiger Pfleger mit rheinischem Dialekt hervor als treuester Vasall des Chefnarkotiseurs: Eine Blutdrucksenkung bedeute den sicheren Tod des Patienten, dessen lebenswichtige Organe inzwischen ohnehin mangeldurchblutet seien. Ob sich ein Kopfchirurg das denn nicht vorstellen könne, daß der Mensch nicht nur aus Gehirn besteht.
Auch ein Kopfchirurg habe schließlich studiert, fügte der Pfleger hinzu. Der Chefnarkotiseur lachte zustimmend. Auch die übrigen Mitglieder der Narkosemannschaft bargen ihren Stürmer unter einem Schirm aus Gelächter; Rang und Namen wurden gleichgültig in dieser Notsituation wie im Getümmel einer Schlacht.
Operation ist Krieg, dachte er, der sich immer noch nicht richtig beteiligen konnte vor Scham und Reue. Krieg auf Kosten des Patienten, ja, der Patient ist der Kriegsschauplatz.
Für eine kurze Zeit führte die Mannschaft der Narkotiseure. Hilflos sah der Professor sich um. Immer wieder schäumte das Blut aus dem Hirnkrater hervor, schwappte über, wurde abgesaugt oder verlief sich in den Abdecktüchern.
Er hätte jetzt weinen können; einmal klang sein Atem wie ein leises Schluchzen: Ich habe getötet.
Die zwingende Bitte des Professors, doch endlich und unter allen Umständen den Blutdruck abzusenken, hatte nichts mehr zu tun mit dem Willen, das Leben des Kranken zu retten. Vielmehr ließ sich der Eingriff

so nicht beenden. Man war in Bewegung, kam aber nicht von der Stelle, man war gelähmt wie in einem bösen Traum. Das Gehirn durfte nicht in Ruhe gelassen werden, bevor der silbrige Clip in Stellung gebracht war.
Daran war nicht zu rütteln. Nachdem die Narkotiseure verstanden hatten, daß der Professor den Eingriff auf gar keinen Fall vorher beenden würde, gaben sie schließlich nach und ließen dem Patienten das blutdrucksenkende Mittel in die Vene fließen. Sofort versiegte der Blutsee. Blaß und sauber stellte sich die Anatomie wieder dar, übersichtlich und ruhig wie in einem Lehrbuch.
Der Professor war hochzufrieden und lobte das wirksame Mittel. Eilig klemmte er das Blutsäckchen ab, was ganz leicht und ohne Anstrengung geschah.
Aber das Hirn führte kaum noch Blut in diesen Minuten, was dem Handelnden verborgen blieb. Der Professor war jetzt Operateur und Pathologe in einem. Der Oberarzt folgte still seinen Bewegungen wie ein ergebener Weggefährte. Die letzte Strecke gingen sie gemeinsam.
Er dachte, Chirurg ist man im Unglück oder gar nicht, und biß fest die Zähne aufeinander; der reibungslose Fortgang der Operation ließ ihn schon wieder hoffen. Wer weiß, vielleicht war alles gar nicht so schlimm. Dauerhaft wurde das tödliche Leck geschlossen.
Den Blutdruck bitte jetzt ganz, ganz vorsichtig wieder kommen lassen, hörte er den Professor sagen, aber bitte: ganz, ganz vorsichtig.
Das Gewebe sah wieder etwas frischer aus. Es war zu

prüfen, ob die Abdichtung auch bei normalem Blutdruck standhielt. Der Professor beugte sich vor und sah angestrengt in den Hirnkrater hinein; die Lupenbrille rutschte ein wenig vor.
Kommen lassen, kommen lassen, sagte er in befremdlichem Arbeiterjargon.
Die vor Euphorie heruntergekommene Sprache des Professors trieb ihm einen Schauder über den Rükken. Sein ästhetisches Empfinden hatte nicht gelitten; so wolle ein Operateur doch unter gar keinen Umständen reden, dachte er.
Wir machen zu, sagte der Professor und stillte letzte feine Blutungen.
Das Gehirn jedoch war massiv geschwollen, ein untrügliches Zeichen längerer Mangeldurchblutung. Der zuvor noch klaffende Operationskrater war kaum noch zu erkennen. Mit welchem Unwillen die Natur reagierte. Unverschämt fand er dieses Gehirn, dem seine Hüllen zu eng geworden waren. Die Harte Hirnhaut, straff und unnachgiebig, ließ sich nicht wieder verschließen. Leichenhirnhaut mußte zur Dekkung herangezogen werden, die die Schwester in einem kleinen Kühlfach aufbewahrte. Importware. Auch diese inzwischen sinnlose Arbeit erledigte der Professor mit selbstquälerischer Sorgfalt. Dennoch stand am Schluß das Hirn immer noch aus der Knochenlücke hervor wie ein wuchernder Pilz, grau und weich zerfließend.
Der Knochendeckel ließ sich nicht wieder einpassen, wenn sich auch der Professor noch einige Zeit bemühte, das hervorquellende Gewebe mit der flachen,

liebkosenden Hand vorsichtig herunterzudrücken. Immer wieder schlüpfte es hervor und stand von Mal zu Mal kecker im Raum.

Der Narkosearzt half mit allgemein entwässernden Medikamenten, die dem sterbenden Hirn jedoch nicht mehr beikommen konnten.

Die Haut mußte verschlossen werden, ohne den Knochen wieder einzusetzen. Der Selbstzahler würde also mit unvollständiger Schädeldecke den Operationssaal verlassen.

(Übrigens nannte der Oberarzt einen solchen Kopf ein Kabriolett, womit die entstandene Form zutreffend beschrieben war.)

Zum Abschluß ein strahlend weißer Verband, der mit besonderer Sorgfalt angelegt wurde. Die Schwester wischte dem Operierten das Blut aus dem Gesicht.

Seine Pupillen waren riesengroß, starr und mattschwarz.

Zweiter Teil

Am Nachmittag rief die Ehefrau des Operierten an und verlangte, den Professor zu sprechen. Mit gedämpfter Stimme wiederholte die Sekretärin diesen Wunsch und stellte die Verbindung her.

Den Umständen entsprechend, sagte der Professor. Er rauchte mit Lunge und Magen, kaute den Rauch. Nicht gut, nicht schlecht ... Selbstverständlich ist das Gehirn schwer geschädigt ... Da soll man sich nichts vormachen ... In jedem Fall lebensgefährlich ... In jedem Fall ... Besuch noch nicht ... Bewußtlos ... Nichts zu danken.

Mehr wollte die Frau nicht wissen. Der Professor legte auf und sah noch einige Sekunden versonnen den Telefonhörer an.

Dann wandte er sich ihm mit einem Ruck wieder zu. Entschuldigungen wollte er nicht hören.

Vor dem Fenster hingen dunkelgrüne Vorhänge.

Die Angehörigen waren immer schnell mit allem einverstanden, das war nichts Neues; im Gegenteil, manche Angehörige trieben den Kranken sogar mit dringenden Aufforderungen in den Tod, indem sie ihn bestürmten, doch endlich das Vernünftige zu tun und der Operation zuzustimmen. Und es gab ja auch noch die Möglichkeit, mit der Operation so lange zu warten, bis der Hirnkranke in einem Zustand war, in dem er sich nicht mehr wehren, nicht mehr widersprechen konnte und das höhere Rechtsgut der notfallmäßigen

Lebensrettung den Eingriff juristisch nicht nur ermöglichte, sondern mit einem Mal beinahe auch erzwang. Aber mit dieser Frau war es etwas anderes. Sie wußte längst Bescheid, rief nur noch an aus Pflichtgefühl.

Als er das Krankenhaus verließ, schlug ihm die Spätsommerhitze entgegen. Er verkniff die Augen und sah über den Parkplatz hin. Seine Frau wollte ihn mit dem Auto abholen; hinter ihrer Verspätung sah er Angriff und Mißachtung.

Am Nachmittag war er noch einmal zu dem Operierten gegangen. Heimlich und schnell war er auf diesen verschwollenen, weißbandagierten Kopf zugetreten. In den Lidrändern klebte noch die zum Schutz aufgetragene Vaseline. Die Beatmungsmaschine dehnte rhythmisch die Lungen. Der Operierte bewegte sich nicht, nicht nur entspannt lag er da, sondern ergeben. Von Zeit zu Zeit trat eine ganz junge Schwester heran und verrichtete die Routinearbeit, las Meßwerte ab und trug sie in die Fieberkurve ein. Mit Zeigefinger und Daumen öffnete er dem Bewußtlosen die Augen, griff nach seinen Augenlidern, wie man sonst nur nach den Augenlidern eines Toten greift. Die eine Hand hielt er in der Kitteltasche. Seinem Gesicht gab er einen ernsten Ausdruck, keineswegs wollte er besorgt aussehen. Die Pupillen waren beinahe so groß wie die Iris, starr und schwarz, darüber lag ein feiner metallischer Schimmer von der eingedrungenen Vaseline.

Am Rand des Parkplatzes sah er jetzt das Auto, das vorsichtig spürend näher kam und immer wieder genau im rechten Winkel abbog. Er stand ganz still, bewegte nur die Augen. An diesem Tag sollte seine Frau ganz nah heranfahren, keinen überflüssigen Schritt mochte er mehr gehen.

Von weitem schon sah er die Kinder im Fond des Wagens herumtollen, noch lautlos und hinter Glas. Das würde sich im nächsten Augenblick ändern. Er fürchtete sich vor dem auf ihn einstürzenden Gebrüll, das ihn nicht nur störte, sondern tatsächlich ängstigte. Tatsächlich war ja auch Wut dahinter, kindliche, folgenlose Wut, aber eben doch Angriffsbereitschaft, durch Instinkt gebremst.

Verhielt er sich seinerseits feindselig, wandte seine Frau die Schweigefolter an für den Rest des Tages, für die kümmerlichen Feierabendstunden. Das war alles schon vorausberechnet, als er die Autotür öffnete. Als erstes schlug ihm jedoch nicht das erwartete Kindergeschrei entgegen, sondern ein warmer Gestank nach verdreckten Windeln, der noch viel widerlicher war als die benzindurchseuchte flimmernde Sommerluft über dem Krankenhausparkplatz.

Jetzt erwartete man sein Lächeln. Seine Frau sah ihn von unten herauf an, ohne ihm das Gesicht voll zuzuwenden. Ihr rechtes Auge war ein wenig größer als das linke. Er stieg ein und bog sich zu ihr hinüber. Mit einer unwirschen Kopfbewegung wich sie ihm aus, zermürbt vom Kinderlärm und zum Zerreißen gespannt vor unausgesprochenem Haß. Sie fährt zu scharf an und würgt den Motor ab. Er schweigt schadenfroh. Das größere Kind drängt sich nach vorn auf seinen Schoß, bleibt aber schreiend zwischen den Vordersitzen stecken. Er muß sich umwenden, nachfassen, beruhigen; dabei ist ihm jede Bewegung eigentlich zuviel. Das auf dem Rücksitz allein gelassene Kind weint infernalisch und verlangt Ausgleich. Seine Frau sieht verbissen auf die Fahrbahn und steuert das Auto mit kleinen, als Beleidigung gemeinten Bewegungen. Einmal bremst sie so heftig, daß das größere Kind mit dem Kopf gegen das Armaturenbrett schlägt und in anklagendes Geheul verfällt.

Das Kind setzt ihn ins Unrecht. Seine Frau nennt ihn böswillig und gemein. Wie kann ein pflichtbewußter Vater seinem Kind nur den Vordersitz gestatten. Überhaupt verweigere er sich als Erzieher vollständig. Nicht nur dieses Kind, die ganze Familie sei ihm gleichgültig. Andauernd verstecke er sich hinter seiner fragwürdigen Arbeit, verberge sich vor seinen eigentlichen Aufgaben als Vater, Ehemann, Erzieher.

Da er hinter diesen Demütigungen die falsche Absicht spürt, bleibt er still und lächelt nur hämisch. Wären nicht diese Kopfschmerzen, könnte er die blinde Wut seiner Frau sogar genießen. – Dann warf er mit roher Gewalt das schreiende Kind auf den Rücksitz, die verlangte Erziehung trotzig nachliefernd.

Du Schwein, sagte seine Frau ganz leise, hinein in dieses Gefühl, das ihm Hitze und Gestank bereiteten. Alles trieb sie bis zum wirklich Unerträglichen. Als sie weiterfuhr, schossen ihr Tränen in die Augen. Sie nahm die Unterlippe zwischen die Zähne. Die Tränen liefen ihr über die Wangen, glänzend und in blanken Streifen.

Er sah stumpf geradeaus durch die schmutzige Scheibe. Die Kinder hatten nun auf dem Rücksitz den Kampf gegeneinander aufgenommen. Sie waren so ineinander verkrallt, daß sie sich ohne Hilfe nicht mehr trennen konnten. Ein Haßtraum: Die Kinder in schalldichte Gehäuse sperren und zwischen den Eltern eine feste Trennscheibe.

Zur Steigerung hatte sie sich die Einkauffolter ausgedacht. Mit ihrem nicht mehr weinenden, bloß noch feuchten Gesicht wollte sie ihn blamieren vor den Leuten. Ihm zur Schande griff sie auch gleichzeitig beide Kinder und trug sie wie Henkelkörbe in den Laden hinein. Sie setzte sie einander gegenüber in einen Einkaufswagen. Eine Minute lang waren sie ganz still und blickten sich verwundert um. Kinder sind nur erträglich, wenn man sie andauernd in Erstaunen versetzt.

Die Erziehungsliteratur begreift das Kind als Spezialfall des Menschen. Er beschloß, mit dieser Einsicht Schluß zu machen. Schluß für alle Zeiten. Seine Frau hatte ja einen Hang zu diesen Schriften, die zu Hause überall herumlagen. Die meisten hatte sie nur angelesen oder schnell überflogen. Wie sie andauernd ihren Mutterberuf aufwerten wollte.

Zu Großmut war er an diesem Tag nicht fähig. Alles, mitsamt der Witterung, hatte sich gegen ihn verschworen. An einem solchen Tag möchte er sich allem entziehen, sich auflösen, entmaterialisieren.

Da kein Mittel von Dauer war, wurden die Kinder

rasch wieder unruhig in ihrem Einkaufswagen. Ihre Bewegungswut, der Anblick ihrer Bewegungsstürme schnürte ihm die Kehle ein.
Er hatte den Eindruck, als habe es seine Frau darauf angelegt, die Qualen dieses Einkaufs gründlich auszukosten, um ihm die Unerträglichkeit, natürlich die vermeintliche Unerträglichkeit, ihrer Mutterexistenz zu beweisen.
Mit gesenktem Kopf lief er dem Troß hinterher, die Furcht des Tages hatte ihn noch nicht verlassen.
Schließlich blieb doch nichts anderes, als die Kinder herauszunehmen aus dem Einkaufswagen und sie hinterhertrotten zu lassen. Mit krankhafter Entschiedenheit griffen sie sofort nach den ausgestellten Waren. Er beobachtete die Gesichter der Vorübergehenden. Die meisten lächelten, andere sahen stumpf und unbetroffen geradeaus, wieder andere, die wenigsten, sprachen freundlich. Wirklich hassen kann man eben nur die eigenen Kinder.
Schadenfroh sah er, daß allmählich auch seine Frau die Geduld verlor. Die Kinder ließen sich nur noch mit ununterbrochenen Lockrufen in der Nähe halten, mit immer schärferen und entschiedeneren. Dieser unbeherrschte, fordernde Erwachsene wurde seinerseits zu einer Qual.
Er selbst verstand jetzt nicht mehr, was von den Kindern gefordert wurde. Die Befehle waren mißverständlich und widersprüchlich: Komm her, laß los, bleib dort und warte. Und alles in unerhört schneller Folge, beinahe gleichzeitig. Die Kinder hatten einen besonderen Schutz entwickelt, indem sie nie den Ein-

zelbefehl befolgten, sondern stets nur die lauteste Forderung.
Die Erziehungsarbeit seiner Frau war dilettantisch, wirkungslos, sogar schädlich. Ihr zu großes rechtes Auge, ihre Gesichtsasymmetrie deuteten auf gestörte Erbanlagen; in einem solch schiefen Körper kann es nur einen ungesunden Geist geben.
Nach diesen Einfällen war ihm ein wenig leichter.

Sie stiegen die zwei Treppen zu ihrer Wohnung hinauf, die eigentlich zu klein war. Schwer trug er heute an den gekauften Dingen. Seine Frau ging voraus, beide Kinder auf dem Arm. Er ließ sich sofort in einen Sessel fallen. Die Kinder fielen wieder übereinander her, die kurze Pause auf dem Arm der Mutter hatte ihnen genügt. Er sah dem Treiben machtlos zu und faßte weitreichende Pläne. Er träumte sich fort in sonnige Länder, in denen die Menschen ihm nicht zu nahe kamen, am Strand oder im Wasser oder in einer kitschigen spanischen Hotelbar mit rotledernen Hokkern und Sesseln.
Ob er die Kinder denn nicht höre, sagte seine Frau.
Was soll deine Frage denn bedeuten?
Das Blut pochte ihm in den Schläfen.
Kümmerst du dich nicht mehr um deine Kinder?
Was versteht man unter kümmern?
Du kümmerst dich doch um deinen Beruf.
Beruf und Familie schlossen einander aus. Zu Hause sprach er nicht vom Beruf, mit den Kollegen nie über

die Familie. In anderer Umgebung war auch er ein anderer. Als einheitliches Wesen konnte er sich überhaupt nicht begreifen. Über alles hatte der Vater den Beruf gestellt, der Beruf ermöglichte ja erst das zweite Heiligtum: die Familie.
Alle Erkenntnismomente blieben matt und folgenlos: Sooft er sich sagen mußte: Wie dein eigener Vater, oder als unerbittliche Forderung: Nicht wie dein eigener Vater, auf gar keinen Fall wie dein eigener Vater, so oft auch mußte er sich eingestehen, daß bloße Erkenntnis zu gar nichts nütze war. Jedenfalls nicht auf diesem Erziehungsgebiet.
Dem größeren Kind schlug seine Frau die flache Hand ins Gesicht, das mußte er mit ansehen. Er sprang auf in heller Empörung und schrie seine aufgestauten Vorwürfe hinaus. Beide Kinder saßen in einem Scherbenhaufen, in braunen Steingutsplittern. Staatliche Instanzen zitierte er, für Kindesmißhandlung interessiere sich das Jugendamt. Jugendamt, Jugendamt, rief seine Frau, wenn er sich um seine Kinder kümmere, brauche man kein Jugendamt. Aber er sitze ja bloß so da und tue gar nichts. Er sei doch der Unmensch, ganz und gar, und niemand sonst. Habe ich zugeschlagen oder du? fragte er heimtückisch.
Deine Bequemlichkeit. Ist das Familiensinn, ist das Verantwortung?
Nicht ich habe zugeschlagen. Nicht der Rabenvater, der Familienhasser. Du hast zugeschlagen. Die Sorgenmutter.
In dieser Nacht schlief er wenig. Ihm fehlte nicht nur die Müdigkeit, er war mit einer übertriebenen Wach-

heit geschlagen. Die dunkelsten Ängste, die ausgefallensten Befürchtungen suchten ihn heim.

Mit dröhnendem Kopf und mit diesem Geschmack auf der Zunge, wie er ihn immer hatte nach einer schlaflosen Nacht, saß er in der Morgenbesprechung. Der Professor stellte die Projekte des Tages vor. Beiläufig wurde mitgeteilt, daß man der Abteilung einen neuen Assistenzarzt hinzugewinnen konnte, einen Griechen. Mit ihm sei bereits im nächsten Monat zu rechnen, ein Glücksfall.

Der Araber sah zu Boden, zog die Augenbrauen ganz in die winzige, pfeilspitze Stirn und sog an seiner Zigarette. Von einem Griechen hielt er anscheinend nichts, für ihn zählten eigentlich nur Deutsche. Wie erfahren der Kollege denn sei, wollte der Jugoslawe wissen. Als Querulant fürchtete er zwar keine Konkurrenz. Ihm kam es darauf an, dem Professor zu beweisen, daß sein Ruf in der Fachwelt nicht ausreichte, um erprobte, kundige Leute an die Abteilung zu bringen.

Bitte, sagte der Professor, ich weiß nicht, was der Mann in Griechenland gelernt hat. Aber, fügte er hinzu und sah schnell jeden im Kreis an, ein gewissenhafter Anfänger sei ihm lieber als ein größenwahnsinniger Könner.

Das richtete sich natürlich gegen den Jugoslawen, der sofort sein gemeines, besserwisserisches Lächeln aufsetzte.

Der Operierte lag im tiefsten Koma und zeigte keinerlei Reaktionen. Die Pupillen sahen immer noch schwarz und blank vom Fett der Schutzcreme gegen die Decke. Unverzagt pumpte die Beatmungsmaschine im gleichmäßigen Rhythmus. Es war nicht mehr daran zu zweifeln, daß man es hier nicht mehr mit einem Sterbenden, sondern in Wirklichkeit mit einem bereits Gestorbenen zu tun hatte, der mit der raffinierten Apparatur zur Minderung der ärztlichen Schuld noch einige Zeit oberhalb der Erde gehalten wurde. Auch war es aus Gründen der Reputation nicht sinnvoll, einen hoffnungslosen Fall direkt nach der Operation sterben zu lassen. Im Bewußtsein der Angehörigen sollte sich die Operation zuerst als gelungen festsetzen. Wer einige Tage überlebte, starb schließlich nicht mehr an der Operation, mit dieser Folgerung durfte man bei Laien rechnen.
Am Nachmittag erschien wieder die nervöse Verwandtschaft und forderte Aufklärung. Die Ehefrau des Operierten hielt sich ganz im Hintergrund. Ihr war es peinlich, wie die Verwandten mit dem Professor umsprangen, wie sie ihre schnoddrigen Unterstellungen nur mühsam als Fragen verkleideten. Unter ihnen übrigens einige Anwälte. Telefonisch meldete sich plötzlich ein praktischer Arzt aus Süddeutschland und behauptete, daß der Operierte sein Bruder sei. Man schlug schnell in der Krankenakte nach, fand die Angaben bestätigt und gab bereitwillig Auskunft. Der praktische Arzt bemühte sich um ganz präzise Fragen, die ihn als Kenner ausweisen sollten. In Wirklichkeit verstand er gar nichts vom Fach und

war ahnungsloser als die Laien. Unangenehm klang der süddeutsche Dialekt des Praktikers, forsch und beleidigend. Der Professor sprach nicht vom Sterben, sprach niemals vom Sterben. Er sagte, daß der Operierte noch ohne Reaktionen sei, er wisse ja selbst, wie schwer der vorliegende Fall sei.
Der süddeutsche Praktiker fühlte sich geschmeichelt und stimmte eilfertig zu. Nicht ohne die außerordentlichste aller Dummheiten hinzuzufügen, die Bitte, seinen Bruder bei Gelegenheit recht herzlich zu grüßen. Das versprach der Professor.

Am nächsten Morgen ordnete der Professor an, dem Operierten die Hirnströme abzuleiten, was beinahe immer bedeutete, im Gegenteil das Fehlen der Hirnströme festzustellen und damit den Hirntod, der dem allgemeinen Tod vorausgegangen war.
Die Pfleger hatten schon gemurrt, heimlich den Oberarzt gefragt, wann man den Toten denn endlich abstellen werde, so der Ausdruck. Der Professor war jedoch vorsichtig und wollte gerade im vorliegenden Fall die Vorschriften zur Todesbestimmung einhalten, wenigstens oberflächlich und zum Schein.
Gegen Mittag wußte man, daß das Gehirn des Operierten nicht mehr funktionierte. Es wurde eine sogenannte Nullinie abgeleitet, kleinere Stromschwankungen deutete man als Kunstprodukte. Der Professor ging selbst auf die Intensivstation und stellte die Beatmungsmaschine ab. Minutenlang wurden noch Herzaktionen registriert. Die Schwestern hatten be-

reits mit dem Aufräumen und Saubermachen begonnen. In wenigen Minuten würde man die Leiche hinausschaffen können. Es war ja bekannt, daß einzelne Herzschläge, sinnlose Verkrampfungen des sterbenden Herzmuskels, noch stundenlang abgeleitet werden konnten.

Der Jugoslawe schlug scheinheilig eine Obduktion vor. Er stand dabei und spürte, wie ihm das Blut in den Kopf schoß. Der Jugoslawe vermutete einen Behandlungsfehler, bemerkte sein Erröten und lächelte triumphierend. Er hatte ihn also erwischt, den Kriecher, den vermeintlichen Liebling des Professors, der die Obduktion ablehnte, weil die Einwilligung der Angehörigen in diesem Fall sicher nicht zu erhalten sei.

Als nächstes war die Ehefrau zu verständigen. Ich muß Ihnen mitteilen, sagte der Professor, daß Ihr Mann heute morgen verstorben ist.

Alle hörten den Aufschrei der Frau und ihr langgezogenes Weinen. Dann sagte sie leise: Ich danke Ihnen. Mit einem schiefen Achselzucken legte der Professor den Hörer auf. Dem Toten hatte man bereits das Laken über das Gesicht gezogen und ein Kärtchen am großen Zeh befestigt, das die Identifizierung im Leichenkeller des Krankenhauses ermöglichen sollte. Alle Verstorbenen wurden hier zwischengelagert, auch wenn keine Obduktion vorgesehen war.

Am Nachmittag erschien zum letzten Mal die Verwandtschaft und verlangte gebieterisch Aufklärung und vor allem Beruhigung, ganz genau wollte jeder wissen, was geschehen war. Der Professor sprach von der Schwere des Krankheitsbildes, von der Operation, die ja nur ein Versuch gewesen sei, eine Verzweiflungstat, um das Allerschlimmste, nämlich eine erneute Blutung aus dem geplatzten Gefäß, zu verhindern. Für den Kranken übrigens sei es so vielleicht am besten, so schrecklich sich das auch anhören möge.

Den Professor umringten mißtrauische, lauernde Gesichter. Inmitten dieser Besserwisser kam er ihm noch kleiner und verloren vor. Nach den ersten Sätzen jedoch war bereits hier und da verhaltenes, zustimmendes Nicken zu beobachten, wenn man sich auch zuvor auf Mißtrauen und Feindseligkeit eingeschworen hatte.

Die Ehefrau des Toten war am schnellsten mit allem einverstanden.

Gegen Abend meldete sich der süddeutsche Praktiker und bemerkte, daß es nun ja wohl zu Ende sei, und das sei vielleicht das Beste. Man sprach von Arzt zu Arzt und zitierte das Schicksal wie einen Entlastungszeugen. Zum Schluß fragte der Praktiker, wann wohl mit der Beisetzung zu rechnen sei, er sei nämlich Landarzt, eine Vertretung sei nicht zu bekommen, der Professor kenne ja die medizinischen Verhältnisse auf dem Lande, unmöglich könne er länger als einen Tag der Praxis fernbleiben, wahrscheinlich werde er sich schnell von einem Freund herüberfliegen lassen.

Der Praktiker benutzte den Professor als Beichtvater, an die Familie traute er sich wohl nicht heran.

Eine Woche später saß in der Morgenbesprechung plötzlich und ohne erneute Ankündigung der hinzugewonnene Grieche, ein weißer, rundlicher Mensch von dreißig oder fünfunddreißig Jahren mit schütterem schwarzem Haar und aufgeworfenen Lippen. Nachdem der Professor ihn vorgestellt hatte, stand der Grieche auf und gab allen die Hand, ohne sein Lächeln zu unterbrechen, wenn er von einem zum anderen ging. Der Oberarzt klopfte ihm bereits freundschaftlich die Schultern, denn er hatte sofort die problemlose Einordnungsbereitschaft verspürt.

Der Grieche sprach ein piepsiges, beinahe unverständliches Deutsch, das noch schlechter war als das des Arabers. Er fügte sich ganz unauffällig in die Abteilung ein, mit der gelassenen Eleganz seines klassischen Volkes. Voller Bewunderung beobachtete er den still lächelnden, bescheidenen Mann, der nichts anderes wollte als sein Auskommen und seine Ruhe.

Der Grieche war übrigens der einzige, der bei allen gleichermaßen beliebt war. Selbst der feindselige Araber ging entspannter mit ihm um, nachdem er sich von seiner Harmlosigkeit überzeugt hatte. Bereitwillig und dankbar nahm der Grieche jede Lehre an. Er widersprach nie, ohne sich jedoch vor dem Professor oder dem Oberarzt zu erniedrigen. Den eifernden, gehässigen Jugoslawen betrachtete er mit milder Nachsicht, auch für ihn gab es Platz in seinem Weltbild, denn der Narr ist ja eine klassische Gestalt.

Geplant sei, sagte der Professor eines Tages in aller

Beiläufigkeit, einen Kollegen für die Intensivstation abzustellen. Die Personalsituation lasse diesen bitter notwendigen Schritt inzwischen zu. Jeder möge sich einmal prüfen, ob er nicht zu dieser schweren, aber auch reizvollen und entscheidenden Aufgabe bereit sei.
In der Runde nichts als Schweigen und ratlose Blicke. Der Professor erwartete ein Opfer, denn der Intensivmediziner würde kaum noch operieren können, also seine Facharztweiterbildung gefährden, die einen Operationskatalog vorsah, der selbst unter den besten Voraussetzungen kaum zu erfüllen war.

Ich kann das wohl tun, sagte er so leise, daß es gerade noch zu hören war. Seine Stimme wurde eng, sein Herz schlug heftig wie bei etwas Verbotenem.

Der Professor sah ihn erstaunt an, verbarg sein Erstaunen sofort hinter seiner Gleichgültigkeit. Hatte er sein Opfer als Sühneopfer verstanden, als Sühneopfer mißverstanden? Im Gesicht des Oberarztes stand Entsetzen, er sah ihn an wie jemanden, der sich selbst ruiniert. Seinen halboffenen Mund verstand er als stumme Warnung.
Auch der Holländer ließ das Kinn herunterfallen, er hatte hellblaue Augen, die zu klein waren für sein massiges Schinkengesicht. Der Asiate hielt den Kopf gesenkt und zog in einer Gegenbewegung die Augenbrauen hoch. Der Grieche verstand noch nichts und

lächelte mild. Der Araber wollte mit dieser Entscheidung nichts zu tun haben.
Der Jugoslawe aber begriff sie als einen raffinierten Winkelzug, als seinen raffiniertesten bisher.
Er selbst wußte überhaupt noch keine Begründung. Aus seinem Innersten, aus seiner Mitte waren die Worte emporgekommen, ohne daß er sie vorausbedacht hätte. Jetzt hatte er einen ganz trockenen Mund.
Zu seinem Nachfolger wurde der Asiate bestellt, der sich von nun an um die Privatpatienten des Professors zu kümmern hatte. Seine Augen leuchteten vor Glück und Eifer, nur mit Mühe konnte er ein Dankeschön herunterschlucken, das ihn endgültig als Speichellekker ausgewiesen hätte, der er ja in Wirklichkeit auch war.

Über Nacht brach der Winter herein, nach einem kurzen, als eigenständige Jahreszeit kaum zu erkennenden Herbst, über Nacht, mit einem rasenden Schneesturm, wie man ihn für zivilisierte Gegenden nicht mehr erwartet hätte. Als er morgens aus dem Fenster sah, lag die Natur wie betäubt, erschlagen von ihrer eigenen Ausgeburt.
Es war kalt in der Wohnung, mit einem Schlag eiskalt, nachdem noch in den letzten Tagen immer wieder einmal die Herbstsonne hereingeschienen hatte. Er war früher aufgestanden als gewöhnlich, aus Lust und Angst vor dem neuen Anfang.
Denn seine Arbeit war nun vollständig verändert. In-

nerhalb der Abteilung hatte er jetzt sein eigenes Reich, ein Reich aus schmalen Glaszimmern, in denen die Bewußtlosen, Schwerstkranken und Sterbenden, die tatsächlich bereits Gestorbenen wohnten.
Die Intensivstation war aus Gründen der Reinlichkeit nur durch eine sogenannte Schleuse zu betreten, in der man die vorgeschriebene Schutzkleidung anzulegen hatte, dunkelblaue Hemden und Hosen, weiße Gesichtsmasken und grüne Papiermützen. Straßenschuhe waren verboten, desinfizierte Holzlatschen standen in den Regalen bereit.
Mit allerletzter Strenge wurde das Reich der Todkranken bewacht, hier gab es keine Ausnahmen, in der Schutzkleidung waren Ärzte und Pfleger nicht mehr voneinander zu unterscheiden, die Gesichter hinter den Atemmasken zur Hälfte verborgen.
Unterschiede traten hervor, die sonst kaum beachtet werden: Eigentümlichkeiten des Ganges, der Haltung, gleichgültiger Gesten, der Stimme. Die Unterarme waren nackt, und die Färbung der Haut, Pigmentierungen, Unregelmäßigkeiten, die Proportionen der Hände wurden bedeutsam. Es herrschten nicht nur besondere medizinische, sondern auch besondere ästhetische Gesetze.
Gesprochen wurde rauh und rücksichtslos.
Und der Kranke war nichts als ein Impulsgeber für die Überwachungsmaschinen.

Das Wesentliche hatte er schnell begriffen, der herrschende Zynismus gefiel ihm, man stand zusammen, nirgends wurde herzlicher gelacht als hier.
Der Professor ließ sich in aller Regel nur einmal am Tag kurz sehen, morgens, vor seinem Operationsprogramm. Er hatte eine Abneigung gegen die Intensivstation, fühlte sich unwohl und strebte so schnell wie möglich wieder hinaus.
Die Pfleger hatten wenig Respekt, waren nur höflich, nicht demütig und ängstlich wie die Schwestern auf der Allgemeinstation, denn sie verstanden viel vom Sterben, mehr als der Professor. Daher ihr Selbstvertrauen.
Auch er war bald ein größerer Kenner des Sterbens als der Professor, mit sicherem Instinkt sah er einem Verletzten, einem Operierten, einem Hirntumorkranken die bevorstehende Agonie an, sichere Anzeichen gab es, die man kaum beschreiben konnte.

Den ersten Tag verbrachte er mit der Bestandsaufnahme, mit der Analyse der vorhandenen Fälle. Gleich stellte er fest, daß unter seinen zwölf Kranken vier Sterbende, sieben Ungewisse und ein lächerlich leichter Fall waren, den der Professor – nur aus Sicherheitsgründen – noch auf der Intensivstation lassen wollte. Es gab natürlich auch übergeordnete, geschäftliche Gründe, die zwölf Intensivbetten der Abteilung ununterbrochen belegt zu halten.
Die Verwaltung, seit Jahren zu den unglaublichsten Finanzkunststückchen gezwungen, um das Überleben

des Krankenhauses zu sichern, trachtete danach, jedes für längere Zeit freie Bett abzuschaffen, ersatzlos zu streichen, um Personal einzusparen.
Eine Verkleinerung seiner Abteilung fürchtete der Professor am allermeisten. Verkleinerungsvorschläge, Kooperationsvorschläge der Verwaltung bekämpfte er mit letztem Ernst, indem er sein Schicksal mit dem Schicksal jedes einzelnen Bettes verknüpfte.

Von den zwölf Patienten wurden acht beatmet, die vier aussichtslosen natürlich und vier ungewisse. In acht Glaszimmern, die eigentlich Glassärge waren, drückten bis zur Lächerlichkeit miniaturisierte Beatmungsmaschinen Luft in die starren Körper. Begann der erwachende Körper damit, sich reflexhaft gegen den aufgezwungenen Atemstrom zu wehren, wurden Beruhigungsmittel gespritzt, in Dosen, wie sie nur Sterbenden zugemutet werden dürfen.
Er wußte längst noch nicht alles von der Station, wußte lange nicht, daß geradezu Geheimbündlerisches geschah unter den Pflegern und zwischen Pfleger und Patient, spät erfuhr er von geheimen Riten, Sterbensritualen.
Um die tägliche Last des Leidens und des Sterbens, häufig des sinnlosen Leidens und durch die Operation beschleunigten Sterbens, überhaupt ertragen zu können, nahm man sich gewisse Freiheiten, half mit, wenn das natürliche Ende bereits erkennbar war.
Die vom Arzt verordneten Medikamente wurden nur selten in der vorgeschriebenen Dosis ausgegeben,

häufig wurde überhaupt ein anderes Medikament angewandt, ganz nach Gutdünken der erfahrensten Pfleger, die ihrerseits den Hilfspflegern und den verschüchterten Schwesternschülerinnen zeigten, wer hier der Herr war. Sie fühlten sich tatsächlich berechtigt wegen ihrer langen gründlichen Erfahrung mit dieser Sorte Schwerstkranker.
Einer der älteren Pfleger, ein sogenannter Umschüler, ein ehemaliger Matrose, dem an der einen Hand drei Finger fehlten, tat sich besonders hervor. Nachdem er bereits aus der Abteilung ausgeschieden war, erfuhr er, daß dieser Pfleger den Sterbenden, den nach menschlicher Voraussicht unrettbar Verlorenen, das Kondenswasser im Atemschlauch zurücklaufen ließ in die Lungen, die durch diese Behandlung innerhalb kürzester Zeit vollständig verdorben wurden. Juristisch gesehen war das Mord, Tötung aus niedrigen Beweggründen, in Wirklichkeit natürlich die unappetitliche, die widerwärtige Abkürzung der schon nicht mehr bewußten Qual.
Zu beweisen war im übrigen gar nichts.
Am allergefährlichsten, sich mit diesen Pflegern anzulegen, von denen jeder ein potentieller Totschläger war. Ihre Macht bestand nämlich darin, daß sie entscheiden konnten, bei welchen Vorfällen der Arzt herbeizurufen war. Den Araber zum Beispiel riefen sie in der Nacht beinahe jede Viertelstunde aus dem Bett, weil er einmal den ehemaligen Matrosen beim Professor angeschwärzt hatte. Mit diesen Pflegern durfte man es sich nicht verderben, sonst war man verloren während der Nacht. Umgekehrt verstanden

sie auch, alles so einzurichten, daß ihre Lieblingsärzte, die bequemen und nachsichtigen, überhaupt nicht geweckt werden mußten. Ruhigen Schlaf garantierten sie meist dem Holländer und später auch ihrem Stationsarzt.

Die Abteilung veranstaltete alljährlich eine Weihnachtsfeier, zu der offiziell der Professor einlud. Mit den Vorbereitungen wurden die Sekretärin und die Erste Operationsschwester betraut, die sofort mit einer aufgeregten Staatsaktion anfingen, beide waren unverheiratet, vereinsamt, verbittert und daher gezwungen, ihre noch durchaus kindlichen, zurückgebliebenen Weihnachtsgefühle aus dieser Abteilungsfeier zu beziehen, die für sie eine Familienfeier war.
Das Essen wurde im kleinsten Kreis besprochen, die Sekretärin gab Getränkegutscheine aus und hakte den jeweiligen Empfänger auf ihrer Personalliste sofort ab, gleichmütig, im Auftrag des Professors.
Am Morgen des Festtages saß der engste Kreis mit geröteten Gesichtern beieinander, plötzlich war nämlich bekannt geworden, daß der Professor in diesem Jahr erstmalig nicht bereit war, den Conférencier zu spielen, aus Altersgründen, wie er ernsthaft versicherte. Ohne einen Ansager aber war die Feier nach einhelliger Auffassung nicht zu denken, Ersatz mußte beschafft werden.
Der vornehme, ein wenig zu langsame Oberarzt kam nicht in Betracht, desgleichen niemand von den Ausländern. Es blieb also nur einer.

Als die Sekretärin ihm die Rolle anbot, ihn sogar zu einer Vorbesprechung in die Wohnung der Ersten Operationsschwester einlud, war er sofort einverstanden, der herrschenden Begeisterung konnte man sich nicht entziehen. Bald zerbrach er sich wie sie den Kopf über die albernsten Wettspiele, Lotteriepreise, Platzverteilung, gemeinsam sahen sie Witzbücher durch und dachten sich komische Einlagen aus, die er vorzutragen hatte. Auch für die Musik und die Tanzspiele war er verantwortlich, um die Technik allerdings kümmerte sich der Oberpfleger der Intensivstation, den ja überhaupt alles Maschinelle faszinierte. Ein ehernes Gesetz verkündete die Operationsschwester: Jeder Scherz war erlaubt, aber auf keinen Fall durfte der Professor kompromittiert werden.
Hatte sie ihn im Verdacht? Er war mit allem zufrieden und bedachte die Auswirkungen der Conférenciertätigkeit auf seine Stellung in der Abteilung. Sprang er nicht zum zweiten Mal für den Professor in die Bresche? Wieder brachte er ein Opfer, kein Sühneopfer, ein Liebesopfer.

Zu Hause kleidete er sich nur rasch um. Er nahm den besten Anzug hervor und spürte, daß er bereits unter den Achseln schwitzte. Seine Frau gönnte ihm die Euphorie, die Kinder mieden den erregten Vater und sahen ihm aus der Ferne zu. Wie spät es wohl werde, wollte seine Frau noch wissen und küßte ihn zum Abschied.

Er fuhr über die Stadtautobahn in südlicher Richtung. Gefeiert wurde in einem bescheidenen Mittelklassehotel, dessen einziger großer Saal grell erleuchtet war. An den langen weißgedeckten Tischen saßen einzelne Gäste, die sich jedesmal umsahen, wenn die Tür sich öffnete, teils neugierig, teils ängstlich. Kleinere Gruppen hatten sich zusammengefunden, die untereinander respektablen Abstand hielten, als würden Geheimnisse besprochen. Nur die bis auf den Kern Gleichgesinnten stehen zu Beginn eines Festes beieinander.

Den Professor sah man nirgends, auch der Oberarzt war anscheinend noch nicht eingetroffen. Die Sekretärin und die Operationsschwester, diese treuesten Gehilfinnen, standen rauchend in der Nähe der zu einem Turm gestapelten Lotteriegewinne, die sie mit unauffälligen Seitenblicken bewachten. Über den Turm war ein weißes Laken ausgespannt, das die Erste Operationsschwester eigens zu diesem Zweck aus dem Krankenhaus entliehen hatte.

An der Stirnseite des Saals aber baute der Pfleger seine Musikanlage auf, indem er seine Ohrhörer mit blitzschnellem Tastendruck den verschiedenen Funktionskreisen zuschaltete und sekundenlang mit ernster Miene und in die Ferne gerichtetem Blick lauschte, unbestechlich prüfte, den regulären Frequenzgang untersuchte. Auch ein Mikrophon lag bereit.

Das ließ er nicht aus den Augen; sofort sah er es, als er den Saal betreten hatte und noch eine kurze Weile bei der Tür stehenblieb. Dann wandte er sich dem Lotterieturm und den Bewacherinnen zu, die ihn mit einem verkrampften Lächeln begrüßten. Die späten Nachmittagsstunden hatten sie beim Friseur verbracht, das war deutlich zu erkennen. Ihrer barocken Haarpracht schämten sie sich keineswegs. Er wußte nichts dazu zu sagen, kein Kompliment fiel ihm ein, in dem nicht eine Beleidigung mitgeschwungen hätte.

Er griff nach einem der zum Empfang bereitstehenden Sektgläser und prostete den Damen zu, die gerade miteinander besprachen, daß sie sich während der Verlosung in unmittelbarer Nähe der Gewinne halten wollten. Ganz leicht nur hoben sie ihre Gläser, niemand sollte Sonderbeziehungen vermuten dürfen.

Er sah jetzt, daß der Holländer bereits in einer kleinen Gruppe von Schwestern und Pflegern saß und mit seinem gelenkigen Schinkengesicht und den unabhängig voneinander beweglichen Augen Imitationen ausführte von Politikern und spastisch Kranken.

Dort wollte auch er einstweilen sitzen, er leerte sein Glas in einem Zug und stellte es zurück auf das Tablett.

Der Holländer begrüßte ihn mit einem starren Gesicht, um urplötzlich eine seiner Jerry-Lewis-Fratzen einzustellen.

Er lachte am lautesten, denn er hatte sich ein wenig erschrocken. Das Gelächter der anderen schwoll ebenfalls wieder an, der Holländer führte jetzt mit dem ganzen Körper eine Figur aus, deren Vorbild er nicht kannte. Herzzerreißendes Lachen.

In der Saaltür erschien der Oberarzt, zögerte einen Augenblick, schritt dann mit ausgebreiteten Armen auf die Sekretärin und die Erste Operationsschwester zu und ließ zuletzt die Hände wieder herabsinken, um eine Berührung zu vermeiden, mit der die Damen schon gerechnet hatten, die Sekretärin mußte ihre Körperhaltung sogar mit einem Ausfallschritt stabilisieren.

Der technisch begabte Pfleger machte Sprechproben, indem er immer wieder bis vier zählte und zuletzt ein Knirschen hören ließ.

Der Holländer gab keine Ruhe mit seinen Grimassen, als gehöre das Grimassieren in Holland zu jeder Feier und stets an den Anfang. Das Lachen in der Runde klang schon ganz erschöpft, die meisten sahen gar nicht mehr hin, aber der Holländer grimassierte weiter, hätte sein Werk auch für einen einzigen Zuschauer fortgesetzt.

Der Oberarzt, das sah er aus der Ferne, lachte höflich auf die pummeligen, frisch frisierten Bewacherinnen des Lotterieturms herunter aus seiner vornehmen Höhe, beugte sich gelegentlich vor und wippte auf den Fußspitzen.

Der Pfleger trieb seine Musikanlage in ein heulendes Finale, schaltete dann ab, setzte sich stillvergnügt neben seine Maschine und erwartete den offiziellen Beginn des Festes.

Bevor der Professor eintraf, war daran natürlich nicht zu denken. Schließlich konnte man nur noch eine vorsätzliche Verspätung, eine auf Wirkung berechnete Verspätung annehmen. Das Gerücht setzte sich durch, daß er im Krankenhaus aufgehalten worden sei.

Der Saal hatte sich inzwischen gefüllt, der Araber war

gemeinsam mit dem Griechen gekommen. Der Asiate ging nachlässig und wichtigtuerisch zugleich von einem zum anderen, grüßte herablassend und blieb schließlich am Oberarzt haften.
Der Jugoslawe aber hatte an diesem Tag freiwillig den Bereitschaftsdienst übernommen, um seinen kultivierten Haß nicht durch den allgemeinen Frohsinn korrumpieren zu lassen.
Die Operationsschwester sah in immer kürzeren Abständen auf die Uhr. Auch sie konnte sich die Verspätung des Professors anscheinend nicht erklären.
Einmal stand er auf und ging zum Mikrophon hinüber, der zum Techniker bestellte Pfleger sah ihn aufmerksam an, als fordere er eine Erklärung, zu der er jedoch nicht bereit war. Ob das Mikrophon schon eingeschaltet sei, wollte er wissen. Der Pfleger schüttelte langsam den Kopf, etwa wie man einem Kind freundlich, aber doch nachdrücklich ein Verbot erteilt.
Im Augenblick blieb ihm nichts anderes, als sich der Vierergruppe am Lotterieturm hinzuzugesellen. Der Oberarzt begrüßte ihn mit seiner aufgesetzten Herzlichkeit, die von Ironie eigentlich nicht zu unterscheiden war; heute war er nicht bereit, die Differentialdiagnose zu stellen. Direkt nach dem Professor zu fragen, traute er sich nicht.
Als der Asiate nach einer zierlichen Drehung davonschlich, schlug der Oberarzt vor, daß man doch mit den Festlichkeiten einfach schon anfangen solle. Der Chef, wie er den Professor stets nannte, werde schon nichts dagegen haben.

Die Sekretärin stimmte ihm zu. Die Erste Operationsschwester hatte noch ihre Bedenken, der Beginn des Festes war ja schließlich der erste Höhepunkt. Auch er war dafür, unverzüglich anzufangen.
Es dauerte eine Weile, bis alle sahen, daß er das Mikrophon in der Hand hatte. Aus den ersten Stuhlreihen wurde nach rückwärts gezischelt, um die allgemeine Unterhaltung zu unterbrechen. Er lächelte dankbar den Zischlern zu, ohne sich bei einem bestimmten Gesicht aufzuhalten. Schließlich war er für alle da an diesem Abend.
Stühle wurden gerückt, jeder strebte nach bequemer Sicht. Auch der Holländer sah jetzt starr und ernst zu ihm herüber, das bevorstehende Schauspiel zu genießen, diese in seinen Augen peinliche und selbstgefällige Demonstration.
In den vielen Gesichtern, die sich ihm jetzt zuwandten, stand mehr als Spannung: Erschrecken. Oder war es doch nur Neugierde, was er als Erschrecken wahrnahm, weil die Angst ihm nicht nur im Kehlkopf, sondern auch hinter den Augen saß.
Dann fing er an zu sprechen. Dabei war das Mikrophon noch gar nicht eingeschaltet, was vom Oberpfleger zuerst bemerkt wurde. Er hatte einfach drauflos geredet, war viel zu sehr mit seiner vor Sprechangst ganz engen Stimme beschäftigt, um an die allgemeine Akustik zu denken. Der Oberpfleger fuchtelte ihm ganz plötzlich und mit Entschiedenheit vor der Nase herum, er begriff nicht sofort, was ihm da gezeigt werden sollte. Ja, was denn, sagte er.
Zu spät, das Mikrophon war bereits eingeschaltet.

Seine ersten Worte keine wohlgesetzte und dennoch ironische Begrüßung, sondern dieses: Ja, was denn. Er war der einzige, der darüber lachen konnte.
Er sprach unvorbereitet, ganz bewußt hatte er sich jede Vorbereitung verboten, ganz besonders natürlich jede schriftliche. Was er jedoch nicht verhindern konnte, waren diese automatisch ablaufenden Redewendungen, Sätze, Pointen, die ihm einfielen, ungebeten und ohne Anstrengung.
In Wirklichkeit waren die letzten Stunden nichts als eine Vorbereitung gewesen, eine unfreiwillige und schädliche Vorwegnahme.
Jetzt fürchtete er, daß ihm urplötzlich kein einziges Wort mehr einfallen würde. Er spürte seinen Mundbewegungen nach, seinen unsicheren, gespannten Atemstößen. Hatte sich seine Stimme nicht schon verselbständigt, von den Gedanken gelöst? Konnte nicht jeden Augenblick die Katastrophe hereinbrechen, auf die man dort vorn nur zu warten schien?
Immer wieder verbot er sich, nur zu einzelnen zu sprechen, zu den Wohlwollenden oder Interesselosen. Frei und ungezwungen sollte sein Blick den Saal durchschweifen, ohne Vorliebe oder Furcht. Das war schwer. Der Oberarzt sah ihn an mit hochgezogenen Brauen. Was konnte so ein Gesicht nicht alles bedeuten.
Der Pfleger schob den Lautstärkeregler zurück, das sah er ganz deutlich, trotz aller Pein. Er schwitzte und spürte, daß er rot wurde. In den Gesichtern vor ihm schien sich nichts zu verändern.
Da kam durch den Seiteneingang der Professor her-

ein, der sich mit einem schnellen Blick orientierte und dann stehenblieb. Seine Augen konnte er nicht erkennen, aber seine Brillengläser funkelten zu ihm herüber. Er sagte, daß soeben der Professor eingetroffen sei, daß er sich freue und um Applaus bitte.

Niemand freute sich wie er. Sein Blickfeld wurde mit einem Mal ganz eng, und darin hatte nur noch die träge Körperwendung des Holländers Platz.

Niemand traute sich zu applaudieren. Als die Pause zu lang wurde, klatschte die Erste Operationsschwester ein paarmal in die Hände, nicht ohne ihn dabei vorwurfsvoll anzusehen. Was für eine Geschmacklosigkeit war ihm da nur unterlaufen. Da kam ihm der Oberpfleger zu Hilfe, der einen auf seinem Bandgerät gespeicherten Tusch hören ließ, fremd, aber zwingend. Der Professor setzte sich mit starrer Leidensmiene auf einen schnell herbeigeschobenen Stuhl und zündete eilig seine Zigarette an.

Was für einen Laut formten die aufgeworfenen Lippen der Operationsschwester? Was hatten die unterstützenden Handbewegungen der Sekretärin zu bedeuten? Welches Bedürfnis der Festgemeinde artikulierte sich dort durch Gehörlosensprache und Pantomimik?

Natürlich, das kalte Büfett. Daran war jetzt vordringlich zu denken, nachdem der Professor hereingekommen war.

Der Oberpfleger nahm ihm das Mikrophon aus der Hand. Einige hatten sich schon von den Stühlen erhoben und strebten in den Nebenraum, wo Hühnchen, Fleisch und Fisch bereitstanden. Er hatte den Eindruck, als traute sich niemand an ihn heran, jetzt, da er kraft seines Amtes der Allgemeinheit gehörte.
Als er sich einmal umsah, entdeckte er den Professor neben der Ersten Operationsschwester, der Sekretärin und dem Oberarzt. Alles hatte wieder seine Ordnung.

Nach dem Essen fing er an, sich zu betrinken, zielbewußt und systematisch. Sein nächster Auftritt sollte erst in einer Stunde erfolgen, das war der Wille der stark frisierten Damen.
Der Holländer setzte sich neben ihn, sah ihn prüfend an mit seinen zu kleinen Augen – diesem Blick war leicht standzuhalten – und wandte sich nach einem leisen Achselzucken dem Hähnchenschlegel zu, den er auf einem Pappteller herangetragen hatte. Im Nebenraum war das helle, meckernde Lachen des Asiaten zu hören, der sich ausgezeichnet amüsierte. Der Grieche setzte sich neben den Holländer, lächelte, schwieg, aß nicht, trank nicht, rauchte nicht, faltete statt dessen die Hände und legte sie vor sich auf die Tischplatte.
Der Professor und der Oberarzt saßen entfernt und unterhielten sich lebhaft. Der Professor gestikulierte, der Oberarzt nickte verständnisvoll.
Wie geht es, sagte der Grieche, jedes Wort einzeln

betonend, und beugte sich vor, um ihn über den Teller des Holländers hinweg ansehen zu können.
Südländer suchen andauernd Kontakt, dachte er, oberflächlich betrachtet aus Menschenfreundlichkeit, aber der wahre Grund ist natürlich ihr Mißtrauen.
Der Holländer wischt sich den Mund und steht auf. Er spürt seinen Magen noch und ist unzufrieden. Weil er ein schwerer, fleischiger Mensch ist mit entweder ganz weißer oder schinkenroter Haut, macht das Essen ihm andererseits Schuldgefühle. Unentschlossen bleibt er stehen, lauscht einen Augenblick in sich hinein, greift dann nach seinem Pappteller und geht mit raumgreifenden Schritten zum Büfett hinüber.
Die Erste Operationsschwester und die Sekretärin sind beide in den Hüften zu breit. Sie bemühen sich, einen Fuß immer genau vor den anderen zu setzen, um zumindest ihren Gang ein wenig schlanker aussehen zu lassen.
Ihre Haut fühlt sich nicht gut an, daran gibt es keinen Zweifel. Die Erste Operationsschwester hat sogar eine kleine braune Warze auf der Nase. Jedoch ist ihm gelegentlich eine Vorliebe für fette und häßliche Frauen nicht fremd. Beide haben sich zum Fest die Beine rasiert.
Er denkt, daß sie ihren Weg durch den Festsaal verabreden, Berechnungen anstellen, um sich auf einer Parabel weder zu dreist noch zu demütig den immer noch das Gespräch vertiefenden Herren anzunähern.
Jetzt hat er das Stadium höchster Klarheit erreicht. Jetzt sollte er aufhören mit dem Trinken. Da fragt ihn

schon eine der schwarzen, schwitzenden Kellnerinnen nach seinen Wünschen, indem sie ganz aufrecht vor ihm steht. Sie möchte ihn bedienen; darf er ihr den Wunsch wirklich abschlagen? Er bestellt wie gewohnt. Der Professor hat keine Lust auf das Büfett. Vor Tagen schon hatte er über den schlechten Zustand seiner Zähne geklagt.

Als er wieder neben der Musikanlage stand mit dem Mikrophon in der Hand, dessen funktionsbereiten Zustand ihm diesmal der Oberpfleger vorsorglich mitgeteilt hatte, dachte er, der nicht ganz sicher auf den Beinen stand: Solch ein Abend läßt sich nur durch etwas Geschlechtliches abschließen.

Er sprach jetzt viel leichter; nach seinem Entschluß zu etwas Geschlechtlichem: erleichtert. Die Schwesternschülerinnen saßen im hinteren Drittel des Festsaals. Die meisten machten eine ernsthafte Miene und sahen geradeaus. Einige hatten Pickel, andere fettiges Haar. Sie machten sich nicht viel aus Männern und Feiern. Eine hatte ein hübsches Gesicht, aber stämmige Beine.
Durch den Oberpfleger ließ die Sekretärin ihm einen Zettel reichen. Damenwahl stand darauf mit einem Ausrufungszeichen. Den Oberpfleger wies er an, die Lautstärke zurückzunehmen. Die wenigen Tanzpaare blieben unschlüssig stehen. Der Holländer sah mit offenem Mund zu ihm herüber.

Damenwahl, sagte er ins Mikrophon. Auf vielfältigen Wunsch. Er fing den haßerfüllten Blick der Sekretärin auf. Der Oberpfleger stellte die Musik wieder lauter, jedes Tanzpaar überlegte schnell, ob es unter den veränderten Bedingungen noch zusammenbleiben durfte.

Er selbst konnte nicht tanzen. Zwang man ihn dazu, sprach er von nichts anderem als von seinem Unvermögen. Wenn er genug getrunken hatte, gelangen ihm manchmal einige anständige Schritte, die ihn als grundsätzlichen Nichttänzer sofort unglaubwürdig machten. Während des Studiums war er einmal an eine Oberschülerin geraten, die plötzlich auf der Tanzfläche stehenblieb, die Hände in die Seiten stemmte und sagte: Es geht ja tatsächlich nicht.

Die Anständigen, die Lustlosen verabschiedeten sich schon. Jeder sagte: Jetzt schon?, niemand bedauerte wirklich ihren Aufbruch. Die Lotteriegewinne waren ausgeteilt. Der Rest der Gesellschaft versammelte sich zu zwei größeren Kreisen um den Professor, den Oberarzt, die beiden frisierten Damen und um den wieder angestrengt grimassierenden Holländer; hier bog man sich vor Lachen oder wischte die Lachtränen aus den Augen.

Nachdem der Oberpfleger das Mikrophon abgeschaltet hatte, mußte er sich für einen dieser Cercles entscheiden. Der bedeutende, der fördernde kam natürlich zuerst in Betracht, in der Umgebung des Holländers aber saßen die jungen Schwestern und die

Schülerinnen. Er war noch nicht betrunken genug, um beide Kreise auf eigene Verantwortung zu vereinigen. Das kam vielleicht später in Frage. Jetzt mußte er sich entscheiden.

Er setzte sich neben den Araber, der der Runde des Professors angehörte, denn er war ein vorsichtiger Mann mit Frau und Kindern, der meist überheblich lächelte, um seine Selbsterniedrigung zu verbergen. Hier saß auch der Grieche, der seinen Stuhl ein wenig zurückgeschoben hatte und die Arme vor der Brust verschränkt hielt.

Hier wurde nichts entschieden, das nicht zuvor auf seine Auswirkung bezüglich der Stellung innerhalb der Abteilung berechnet war, jede Kleinigkeit konnte Einfluß auf die Karriere haben.

Das war zumindest die Meinung, die im übrigen vom Holländer am entschiedensten vertreten wurde, wenn er sich selbst auch nicht danach richtete. Er hatte ja seinen eigenen Kreis, diesen Kreis der Grimassenfreunde. Kein Gesicht eignete sich dazu wie das Gesicht des Holländers, in dem Muskeln ihre Wirkung taten, die in anderen Gesichtern nicht vorkamen. Und all das unter einer plastischen, weichen Fleischhülle, einer rosa Gummihaut.

Der Professor sagte so gut wie nichts. Er rauchte und sah sich um, forderte von den anderen, daß sie sich um seine Unterhaltung kümmerten. Angestrengte Witzeleien waren das Ergebnis, die Operationsschwester sagte, daß man noch kein Weihnachtslied gesungen habe. Auch über diese Bemerkung lachte der Professor.

Er lachte unter kurzen Atemstößen, die zwischen den geschlossenen Zahnreihen hervorkamen. So konnte er auf der Stelle wieder ernst werden, ohne daß das Gesicht in größere Bewegung geriet.
Klein, aber mutig hatte der Professor sich an allen Tanzspielen beteiligt, hatte ein Pflichtprogramm absolviert ohne Murren, das schätzte er an seinem Professor. Im Grund seiner Seele wollte er doch jetzt nichts als Ruhe. Dem Fest konnte er sich aber noch nicht entziehen, dazu warteten zu viele, die den persönlichen Höhepunkt des Abends noch vor sich sahen.

Am Tisch des Holländers wuchs das Gelächter, es wurde getrunken. Die Gesichts- und Körperarbeit wurde nachlässiger, aber der zunehmende Rausch erschloß neue Bedeutungen.
Er wollte dazugehören. Schon bildeten sich Paare in all dem Lachen, die ganz Jungen fürchteten den Professor noch nicht, denn er lebte in einer anderen Sphäre. Sie konnten noch nicht erkennen, daß ihr Schicksal von seiner Meinung abhing.
Ungeduldig saß er im Kreis des Professors, er rauchte und trank und konnte kaum ruhig sitzen. Das Lachen strengte ihn an. Auch seine Einwürfe begriff man als Scherz, auch Wörter wie Tisch oder Stuhl.
Das Lachen des Professors, das jeden Augenblick zurückgenommen werden konnte, wirkte nicht anstekkend, sondern abschreckend. Und mit einem Mal fiel ihm ein, daß der Professor nicht anders lachte als ein

Kind, das seinen Freund verraten hat und aus sicherem Abstand der Bestrafung zusieht. Was für ein tieferer Mangel mochte sich verbergen hinter dem Mangel an Körpergröße.

Er stand auf, heftig und entschlossen, so daß sein Stuhl umschlug.
Er war ja betrunken. Er hatte sich etwas Geschlechtliches vorgenommen, aber diesmal war sein Rausch nicht förderlich. Innerlich leer und ohne Spannung, mußte er seine Erregung vorerst an etwas anderem steigern.
Er hob seinen Stuhl auf und stellte ihn mit einer überflüssigen Entschuldigung neben den des Holländers. Der sah ihn an, als sei er gekommen, ihnen ihren harmlosen Spaß zu verderben. Sofort lachte er am lautesten und bestellte neu bei der vorübereilenden Kellnerin, die zur Bestätigung nur nachsichtig nickte.
Was hielt den Holländer nur auf, was nahm ihm Lust und Schwung? Er klopfte ihm die Schultern, allein er blieb sitzen mit hängendem und traurigem Gesicht.
Tanzen, sagte eine der Schülerinnen, die ihm bisher nicht aufgefallen war. Sie trank Wein, faßte ihr Glas mit zwei Händen und leerte es bis auf den Grund. Der Oberpfleger stellte ihr sofort ein neues vor, das schon bereitgestanden hatte.
Hier? fragte er. Hier doch nicht, antwortete sie und trank. Sie war blond und ganz jung, ihre Nase ein

wenig zu scharf gebogen. Ihr Kopf fiel nach vorn und wieder zurück, als sei auf ihren Hals kein Verlaß.
Der Oberpfleger, der ihm gegenüber saß, beugte sich über den Tisch und schlug mit gedämpfter Stimme vor, im Wohnheim, im Schwesternwohnheim, weiterzufeiern, zunächst in seinem Zimmer, Getränke seien vorhanden. Er wollte sich einschmeicheln und hoffte zu partizipieren, denn die Schülerinnen gingen lieber mit den Ärzten.
Der Holländer schüttelte ganz langsam den Kopf und zog seinen Lotteriegewinn dichter heran. Er war nicht zu überzeugen, er wollte nach Hause. Er hatte seine Grimassen gezeigt und zur harmlosen Unterhaltung beigetragen mehr als jeder andere, jetzt sollte man ihn gefälligst in Ruhe lassen. Ein Recht hatte er wohl darauf, endlich und ohne Schmähungen heimzukehren zu Frau und Kind.
So jedenfalls verstand er ihn.

Die Männer gingen voraus, drei Schülerinnen folgten nach der ersten Aufforderung, schwankend und kichernd, nicht ohne sich ihrer Lotteriegewinne zu versichern.
Einen Augenblick dachte er daran, sich beim Professor persönlich zu verabschieden. Dann drehte er sich jedoch auf dem Absatz herum – ohne ihn noch einmal anzusehen – und ging zur Tür, die ihm der Oberpfleger offenhielt. Die Schülerinnen waren schon ins Freie gestolpert.
Seinen Wagen wollte er später holen, jetzt saß er auf

dem Rücksitz zwischen dem blonden, scharfnasigen Mädchen und dessen dunkler, ein wenig haariger Freundin. Der Oberpfleger steuerte energisch und zielbewußt und pfiff andauernd die gleiche Melodie. Feine Schneeflocken trieben gegen die Frontscheibe und tropften sofort ab; er legte den Arm um das blonde Mädchen, die Melancholie zu verscheuchen. Schnee für die Kinder, dachte er.
Sie wich seinem Kuß nicht aus. Im Innenspiegel sah er die Augen des Oberpflegers, ohne daß er sich beobachtet fühlte.

Der Parkplatz des Krankenhauses lag schon unter einer Schneedecke, die sich hier ungestört ausbreiten konnte, denn Mitternacht war längst vorüber. Vor den dunklen Steinquadern mit ihren gelben Rechtekken verwirbelte der Nachtwind dünne Schneewölkchen.
Sie froren nicht. Zahllos waren ihre Fußstapfen in ganz kurzer Zeit. Der Oberpfleger schloß auf und fand sofort den Lichtknopf. Eine kleine Weile sollte man noch schweigen. Der Aufzug surrte herunter und öffnete sich polternd, ein unverdächtiges Geräusch, das Erleichterung schaffte. Die Mädchen standen in einer Ecke und hielten Rat. Der Oberpfleger zwinkerte ihm zu: Da kommt doch nichts bei heraus.
Sie fuhren in den achten Stock hinauf. Die Mädchen gingen voraus, und er fürchtete, sie jeden Augenblick durch eine der Türen verschwinden zu sehen, auf Finten angewiesen wie Verfolgte.

Dann war es doch der Oberpfleger, der eine der aneinandergereihten Türen aufschloß, im Türrahmen stehenblieb und stumm die drei nicht länger kichernden Mädchen und ihn, seinen Arzt, eintreten ließ. Als wirksamer Freudenmeister wollte er empfunden werden, der nicht – wie sein Vorgänger – das Mikrophon benötigte, sondern ohne Umschweife Leben und Fleisch vorzusetzen hatte.
Der Tür gegenüber lag ein kleines Fenster, dahinter, entfernt, die Lichter des Krankenhauses. Vom Schnee war nichts mehr zu sehen.
Die winzige Wohnung des Oberpflegers öffnete sich vor ihnen wie ein rundes Nest, in dem scharfe Winkel, Farbkontraste, hart abgesetzte Linien nicht vorkamen. Alles erschien ausgeglichen, verharmlost, bergend, die Polster waren rund und niedrig, vornehmlich fürs Liegen bestimmt, das Licht schimmerte gelblich und schwach aus der Fensterecke herüber.
Hier hauste ein Geborgenheitsfanatiker, jemand, der sich nicht schämte, am Feierabend seine Wunden zu lecken, einsam und selbstvergessen: der Oberpfleger, der Maschinist, der Musikvorführer.
Entsetzlich war der Stolz, mit dem er seine Behausung vorzeigte, dieser hinter einer gleichgültigen Miene verborgene Anspruch auf Bewunderung. Denn über die mehr als fragliche Bequemlichkeit hinaus mußte das Zimmerchen Erfolg und Geschmack beweisen, relativen Erfolg natürlich, denn der Oberpfleger war nicht dumm, aber absoluten Geschmack.
Das gelang nicht, weil jedem Winkel der Einrichtung

anzusehen war, welches Klischee hier exemplarisch vermieden werden sollte. Diese Gefahr hatte der Oberpfleger nicht erkannt.

Die Schülerinnen legten ihre in Weihnachtspapier eingeschlagenen Lotteriegewinne in dem winzigen Vorflur ab, wozu der Oberpfleger sie ermutigen mußte, dessen Autorität mit dem Betreten seines Zimmers noch einmal angewachsen war. Jetzt saßen sie mit angezogenen Knien nebeneinander. Das Radio wurde eingeschaltet, denn die Musikanlage des Oberpflegers stand noch im Festsaal.

Das blonde Mädchen saß in der Mitte und interessierte sich nur für ein Mobile, das an langen Schnüren von der Decke herabhing. Die Haarige und der Hausherr trugen Weinflaschen herein, fröhlich drückte man ihm den Korkenzieher in die Hand, jeder hatte sich hier wohl zu fühlen, Arbeitsteilung stiftet am schnellsten Gemeinschaft.

Der Oberpfleger befahl, das Mobile in Ruhe zu lassen, für den Fall, daß es störte, wollte er es gern entfernen. Das Mädchen gehorchte mit einem Achselzucken.

Er stellte sich das vor: Um das Mobile zu entfernen, müßte sich der Oberpfleger auf den Tisch stellen. Ja, wenn es nötig wäre, wäre er wohl auch dazu in der Lage.

Nachdem alle Gläser gefüllt waren, sah sich der Oberpfleger befriedigt um und rieb sich die Hände, das wirkliche Fest konnte beginnen. Nur mit dem Musikprogramm war er noch nicht einverstanden. Er korrigierte, lauschte, bewegte den Oberkörper probehalber im Rhythmus der Musik, korrigierte noch einmal, dann gab es nichts mehr zu tun.

Einmal will er aufstehen und zum Krankenhaus hinübersehen, das Fenster liegt zu hoch. Die Mädchen rücken immer enger zusammen, will man eines berühren, berührt man alle drei. Sie zwingen ihn also, seine letzten Hemmungen niederzukämpfen, niederzutrinken, sein Hirn restlos seinem Körper auszuliefern bis zur Bereitschaft, sich dazwischenzuwerfen, Hand anzulegen, sich unmißverständlich zu erklären; der Oberpfleger aber ist geduldig und spürt, daß er die Arbeit nicht zu tun braucht.

Dann liegt er auf den Knien, die vom Aufprall schmerzen und brennen, er muß noch weiter nach vorn rutschen, der Kniefall war schlecht berechnet. Eine komische Wirkung war beabsichtigt, aber nicht diese. Er hätte noch warten sollen, bis sich sein Kniefall unterbringen ließ in einer allgemeinen überschwenglichen Bewegung, einem Hinzustürzen aus tiefem, echtem Antrieb. So weit war es aber noch nicht, gekünstelt rutschte er über den Teppichboden, der wahrscheinlich in jeder dieser Wohnzellen auslag, unterschieden nur durch den Abnutzungsgrad, und er tat etwas mit seinem Kopf, das sich anfühlte wie ein wühlendes, beißendes Eindringen.

Als er sich auch noch auf die Hände niederließ vor Schuhdreck und diesen noch nicht ganz ausgeformten Mädchenbeinen, da stieß er mit dem schmerzenden Knie gegen das gemütlichkurze Tischbein.

Der Kriechende war nicht aufzuhalten, und die Schülerinnen rückten schließlich auseinander. Amphibiengleich schob er sich auf das flache Polster und kam zur Ruhe. Der Oberpfleger schob ihm das Glas herüber.

Am nächsten Morgen erwachte er ohne Orientierung und glaubte zunächst, daß ihn die Kopfschmerzen geweckt hätten, dieses Anstemmen und Pochen des vergifteten Gehirns. In welche Helligkeit war er geraten, was bedeutete dieser fremde Geruch, was atmete da neben ihm? Er richtete sich halb auf und sah, daß er splitternackt war. Also erschien, dachte er, der Mensch auf der Welt, voller Schmerz, benommen und erstaunt.

Er mußte in der Nacht noch geraucht haben, denn ein gefüllter Aschenbecher stand in bequemer Entfernung. Das war nicht nach seiner Gewohnheit. Welchen Gestaltwandel hatte er in der Nacht durchlaufen? Was hatte ihn derart überrascht, gekränkt, verwirrt, daß fleischgewordene Attituden ihre Gültigkeit verloren?

Er wußte es nicht, und er fiel rückwärts. Das war nicht das Zimmer des Oberpflegers, das war nicht das Bereitschaftsdienstzimmer, das war ein vollkommen fremdes Zimmer.

Was eben noch neben ihm atmete, schreckte empor und hustete.

Die Nase war noch schärfer, das Haar hingegen nicht mehr so blond, aber strähnig. Ilka blinzelte und rieb sich die Augen. Sie sah ihn an und warf mit einem kurzen Lachen den Kopf in den Nacken, ließ Schuld, Zweifel, trügerisches Erinnern in ihm aufsteigen. Ilka war doch ihr Name. Er lächelte, fand sich zu fett und drehte sich auf den Bauch. Spielerisch streichelte er ihren Rücken, stach ihr den Zeigefinger zwischen zwei Dornfortsätze und untersuchte ängstlich ihre Bewegungen auf Zeichen des Abscheus.

Sie war zwölf Jahre jünger als er. Er spielte den Sieger, aber die Wahrheit war, daß er nicht mehr wußte, ob er mit ihr geschlafen hatte. Was sagte ihm hierzu der randvolle Aschenbecher? Daß sie nackt war, bewies gar nichts.

Kaffee? sagte sie und hörte auf, ihre Augen zu reiben. Jetzt schon? fragte er zurück mehr aus Pflichtgefühl als aus Verlangen. Daß sie sich wieder zurücklegte, war nicht mehr als höflich. Hier lag er mit einem nackten achtzehnjährigen Mädchen und wußte weder Anfang noch Ende. Eine Situation ohne Eigengesetzlichkeit war entstanden. Und wenn er einfach wieder einschliefe?

Er entschloß sich, seine Impotenz in Zartgefühl und Rücksichtnahme umzudeuten. Das gelang aber nicht vollständig, sonst hätte es dieses unruhige Drängen nicht mehr gegeben, das ihn immer wieder zu winzigen Angriffshandlungen trieb, zu folgenlosen Ausschlägen der Arme, Hände und Finger.

Ilka sah keinen Anlaß, sich zu wehren. Sie lag einfach da und sah an die Decke. Ihre Jugend bot ihr ausreichend Sicherheit, und sie verließ sich darauf. Das war ihr gutes Recht.

Wenigstens wollte er sich jetzt noch nicht beschäftigen mit Schuld und Folgen, Ausreden und kleinlauten Entschuldigungen, die er in der einzig richtigen Mischung seiner Frau vorsetzen mußte.

Ich habe heute Dienst, sagte das Mädchen. Jetzt konnte er beweisen, daß er wenigstens im Grundsätzlichen handlungsfähig war. Das regelt sich, antwortete er großspurig und verlangte nach dem Telefon. Ich rufe die Stationsschwester an und melde dich krank. Du kannst schon Kaffee kochen.

Sie stand auf und ging in die Kochnische. Er sprach laut und überzeugend von einer Kreislaufregulationsstörung, einer vasovagalen Synkope, um die Stationsschwester einzuschüchtern und Rückfragen auszuschließen. Ach so, sagte sie und wünschte gute Besserung.

Er hatte das Gefühl, daß sie ihn damit meinte; aber er sagte sich, daß man in Konfliktsituationen zum Beziehungswahn neigt.

Die Stunden vergingen mit zähen Tändeleien, ohne daß man den gültigen Abstand zueinander fand. Waren sie bereits Vertraute oder noch Fremde, die zufällig und hastig aufeinandergeprallt waren, um eine einzige Nacht beieinander zu liegen? Gegen Mittag endlich brach er auf.

In der Umarmung spürte er Spannung und Widerstand, Verwerfungslinien, wie sie in glühendem Eisen auftreten, daß man zu rasch abkühlt, auch Zweifel und Bedauern.

Mit dem Aufzug fuhr er durch das sonntagsstille Haus. Die Sonne stand im Scheitelpunkt ihres flachen

Bogens, der Schnee knirschte unter den Sohlen. Der Wind trieb Eiskristalle über den leeren Krankenhausparkplatz, die in seinem Gesicht verbrannten.
Als die Haustür ins Schloß fiel, hatte er sich schon einige Schritte entfernt. Er ging zum Taxistand hinüber, um sich zu seinem Wagen bringen zu lassen, der noch vor dem Hotel stand.
Es war ihm recht, daß der Fahrer seinen Gruß nur knapp erwiderte. Statt dessen schaltete er sofort den Taxameter ein und sagte die Kürzel seines Fahrtziels in die Sprechfunkanlage.

Die Wohnung war leer, das spürte er sofort. Dennoch rief er zuerst laut und dann zweimal leiser den Namen seiner Frau. Schließlich sah er nach, ob sie ihm eine Nachricht hinterlassen hatte. Auf dem Küchentisch lag ein alter Einkaufszettel mit Bleistiftkritzeleien des größeren Kindes auf der Rückseite.
Der Geruch abgeschlossener Zimmer hing in der Luft. Alles war ordentlich und aufgeräumt, und die Dinge wurden ganz still.
Er schaltete den Fernseher ein; die Ansagerin kündigte mit hintersinnigem Lächeln eine Kindersendung an und verschwand. Seine Frau hatte die Vorhänge noch geschlossen gegen die blendende Helle des Wintertages.
Aus der Ferne drängt der vergebliche Ruf einer Sirene heran. Gegen die Kopfschmerzen hilft für Sekunden vollkommene Bewegungslosigkeit. Auf dem Bildschirm die hölzerne Euphorie zweier Handpuppen

mit ihren belehrenden Gesten. Man sieht die Fäden der Marionetten und wenig später auch die Spieler, die sich plötzlich unterhalten, als sei das Puppenspiel nicht gültig gewesen.
Aber auch ihre Freundlichkeit ist marionettenhaft. Er versucht sich vorzustellen, in welche Stimmung man die zuschauenden Kinder eigentlich versetzen will.
Das Telefon schreckt ihn auf. Die leise Stimme seiner Mutter: Wo bleibst du denn? Er hatte ja vergessen, daß für diesen Sonntag der Besuch verabredet war, seine Frau und seine Kinder seien schon da, man habe sich übrigens Sorgen gemacht; er soll noch kommen, sein Vater jetzt dumpfschallend im Hintergrund, mit dem Kaffeetrinken habe man noch nicht angefangen (es ist also noch gar nichts verloren); zaghaft schiebt sich die Stimme seiner Mutter wieder heran: Kommst du?
In diesem Augenblick muß das kleinere Kind die telefonierende Großmutter erreicht haben, denn aufsteigendes, forderndes Geplärr, das ihn zusammenzukken läßt, schlägt ihm jetzt ans Ohr, und seine Mutter erläutert ihm, daß sein Kind wohl mit ihm sprechen wolle.
Er spricht mit freundlichem Ernst, um nicht in die Kindersprache abzurutschen, was seine erziehungsbewußte Frau ihm immer wieder verboten hat.
Dann meldet sich sein Vater. In seinen Augen haben sich ja Gewalt und Vernunft nie ausgeschlossen, sondern im Gegenteil vermischt, und diese Mischung heißt Roheit. Ängstlich vermied er jetzt jeden Vor-

wurf. Wie der kluge Hundehalter sein Tier nicht beschimpft, solange er es nicht greifen kann.
Ob er sein Auto nicht dabei habe, wollte der Vater wissen. Ob das der Grund sei, weshalb er zögere herzukommen.
Also blieb ihm nichts anderes übrig, als sich sofort auf den Weg zu machen und den ihm heute ganz besonders verhaßten Besuch anzutreten.
Die hinter freundlicher Sorge verborgene Roheit des Vaters, der ihm so mächtig vorkam wie in ganz frühen Kindertagen, und die leise Mutter mit ihren unausgesprochenen, aber ungeheuren Vorwürfen ließen ihm keine andere Wahl.
Die Zusage des geforderten Besuchs verfluchte er augenblicklich, aber er schaltete den Fernseher aus, verschloß die Wohnung und stieg die Treppe hinunter.
Eine Fahrt durch Schnee und Glätte muteten sie ihm zu, die doch sich selbst immer mit der allergrößten, geradezu lächerlichen Vorsicht behandelten.
Der Motor sprang nicht gleich an, beinahe hätte ihm diese Kleinigkeit schon genügt, seinen Besuch zu guter Letzt doch noch abzusagen. Aber seine Resignation war derart angewachsen, daß er jetzt beinahe schon den Willen verspürte, den Besuch in jedem Fall und sogar gegen alle Widerstände durchzusetzen, auch wenn solche eigentlich nicht denkbar waren.
Wieder fuhr er in südlicher Richtung über die Stadtautobahn. Wahrscheinlich aufgrund eines technischen Fehlers war die Beleuchtung in der Fahrbahn-

mitte noch nicht ausgeschaltet. Der mickrige orangefarbene Schein der Bogenlampen konkurrierte mit dem strahlenden Glanz der Wintersonne.
Wenn ihn jetzt die Polizei anhielte, wäre noch Restalkohol festzustellen. Aber er hatte keine Lust, deshalb langsamer zu fahren. Die Fahrt war schließlich nicht seine Idee, ganz im Gegenteil.
Die Mutter würde ihm vor dem Mund herumschnuppern und nach einer Erklärung suchen. Er nahm sich vor, unter allen Umständen höflich zu bleiben. Vielleicht ließ sich die ganze Affäre durch einen Akt der Konzentration, der Selbstbescheidung, der mentalen Zucht zu einem unbedeutenden Alltagsereignis herunterspielen.
Das Gesicht des Vaters sah er hinter der Schlafzimmergardine. Sein Klingeln wurde empfangen und sofort bestätigt mit dem Summton des Türöffners. Die Mutter stand in der Wohnungstür und sah ihn von unten herauf an. Er lächelte nur mit der rechten Hälfte des Mundes. Im Rest des Gesichtes bewegte sich überhaupt nichts.
Der Vater wartete in der Tiefe des Flurs. Das größere Kind hielt sich an seinem Hosenbein fest und machte keine Anstalten, ihn zu begrüßen. Es hatte sich ganz deutlich in eine neue Welt hineingeträumt, in der er schon nicht mehr vorkam. Es war ihm, als sei die Wut seiner Frau in seine Eltern und in seine Kinder hineingefahren, so daß er jetzt also einem entschlossenen Femegericht gegenüberstand, das lediglich aus Empörung noch kein einheitliches Urteil gefunden hatte.

Sein Vater drückte ihm die Hand, fest und männlich, er sah ihm in die Augen, in der Mitte seiner Stirn erschien eine Falte.
Seine Frau aber saß am Tisch mit aufgestützten Ellbogen und führte mit beiden Händen die Kaffeetasse zum Mund.
Alles schien ihm darauf anzukommen, schon in die erste Berührung etwas von einer Entschuldigung hineinzulegen, wollte er überhaupt eine Chance haben, der unerbittlichen Befragung zu entgehen.
In dem Moment, als er mit den Lippen ihren Scheitel berührte, schüttete sie mit einer heftigen Bewegung einen letzten Kaffeeschluck hinunter, wobei sie ihm mit dem Scheitelbein gegen die Zähne schlug. Empört richtete er sich auf und sah sich nach Zuschauern um. Seine Eltern waren noch im Flur stehengeblieben, da sie ihnen Gelegenheit zur Versöhnung lassen wollten. So konnte man mit seinen Zähnen doch auf gar keinen Fall umgehen; hatte er sich erst nach Zuschauern umgesehen, so suchte er mit anschwellendem Schmerz und abklingender Überraschung einen Zeugen oder besser noch zwei.
Noch im Flur stimmte der Vater ein gekünsteltes Freudengeheul an, das einer putzigen Bewegung des kleineren Kindes galt.
Seine Mutter bot ihm Kaffee an, sie sei bereit, frischen aufzugießen. Sie bemühte sich, ihre Höflichkeit ganz allgemein zu halten. Schließlich hatte er gefehlt, gesündigt, war schuldig geworden. Auch wenn er ihr Sohn war. Dabei fürchtete sie am meisten, daß er den Sonntagskuchen nicht mochte.

Zu den Kindern war seine Frau, so schien es ihm, strenger als gewöhnlich, da die Situation Scherz und Lachen nicht vertrug.
Er kaute geräuschvoll, patzig. Schlürfte den Kaffee. Erkundigte sich beim Vater nach den Fußballergebnissen. Aß unmäßig. Verlangte zum Schluß noch ein Käsebrot.
Seine Sorglosigkeit, seine scheinbar mangelnde Betroffenheit war der Mutter ein wenig unheimlich, aber sie brachte, was er verlangte. Ihr Leben lang hatte sie gefürchtet, alles noch schlimmer zu machen. Und sein Vater hatte sie gelehrt, daß keine Lage, so schwierig sie auch erscheinen möge, die bessernde Wirkung der Vernunft außer Kraft setzen könne.
Diese Ideologie kam ihm jetzt natürlich zugute. Sein Schmatzen und wohliges, kräftiges Kauen zeigten seine Immunität. Alle fielen darauf herein. Nur die Kinder behandelten ihn mit einer merkwürdigen Abneigung, wie einen fremden Onkel. Das konnte aber auch Einbildung sein.

Zu einer sogenannten Aussprache kam es nicht. Der Vater referierte seine Fußballergebnisse eine Spur sachlicher als gewöhnlich und war noch nicht einmal bereit, den Auswärtssieg des Lokalvereins gegen den Tabellenzweiten zu kommentieren.
Das kränkte ihn. Ohne Kenntnis des Spielverlaufs versuchte er nun seinerseits, die Bedeutung und die Grundlagen dieses unerwarteten Sieges zu analysieren. Aber der Vater tat so, als höre er nicht zu. Auch

zum Beruflichen kamen keine Fragen, die Schändung der Familie stand im Vordergrund.
Nach und nach schienen sich die Kinder wieder an ihn zu erinnern. Als das größere Kind ihm auf den Schoß sprang, glaubte er schon, daß auch seine Frau jetzt versöhnt sei.
Da irrte er sich jedoch gründlich, denn scharf zurechtgewiesen wurde das verzeihende Kind, das gegen die Kontaktsperreordnung verstoßen hatte. Die Begründung war fadenscheinig: Der Vater möchte in Ruhe gelassen werden.

Während der Heimfahrt dauerte das Schweigen an. Dann plötzlich, als die Wohnung noch nicht einmal aufgeschlossen war, sagte seine Frau: Wo warst du.
Natürlich war er auf nichts besser präpariert als auf diese Frage, die er sich ja auch selbst stellte, denn sein Erinnerungsvermögen war noch immer nicht lückenlos.
Die Untersuchung hatte begonnen. Wenn seine Frau sich im Augenblick auch noch ihres Interesses schämte. Aber ihm blieb nicht mehr als eine Verschnaufpause, das wußte er nur zu gut.
Als die Kinder im Bett lagen, fing seine Frau mit Kettenrauchen an. Zunächst keine weiteren Fragen. Aber das Einschalten des Fernsehers wurde schon verboten.
Seine Frau holte eine Flasche Wein aus der Küche und begann zielstrebig, sich zu betrinken. Er schlug einen

Spaziergang vor; wer oder was hält dich ab, sagte seine Frau.
Gemeinsam doch, erwiderte er mit schwacher Stimme, die vergeblich Mitleid und Schonung verlangte. Seine Frau trank in langen Zügen, goß beharrlich nach, legte dabei den Kopf schräg und betrachtete den ausfließenden Wein.
In Wahrheit aber stellte sie ganz andere Betrachtungen an. Es war etwas geschehen, was jenseits des Erträglichen lag, denn das Ausbleiben über Nacht kam im Arsenal der erlaubten Waffen nicht vor. Also mußte seine Frau eine Erwiderung finden, wie ein friedliebender Staatsmann, der einen Angriff nicht hinnehmen kann, selbst wenn er weiß, daß der Krieg viel fürchterlicher wird als die Folgen des gemeinen, aber begrenzten Überfalls, den als Tatsache hinzunehmen mithin ein Gebot der Klugheit wäre.
Seine Frau trank so schnell, daß ihr Gehirn keine Chance hatte, entweder Widerstand zu leisten oder einigermaßen gefällig seine Vernunftarbeit einzustellen. Statt dessen war ein ganz elementarer Durchbruch niedrigster, tief im Stammhirn verborgener Instinkte zu erwarten.
Er begann unaufgefordert zu erzählen. Von seiner bedeutenden Stellung während der Weihnachtsfeier. Vom leider zu reichlichen Alkoholgenuß. Und er nannte den Namen des Oberpflegers: In dessen Zimmer habe er übernachtet.
Von all dem wollte seine Frau nichts wissen. Woher wußte sie nur, daß er log. Allzu unwahrscheinlich hörte sich seine Geschichte doch gar nicht an.

Ganz mühelos führte sie den ersten scharfen Hieb: Warum er dann nicht angerufen habe.
Daran hatte er nicht gedacht, diese naheliegende Frage erschien ihm im Vergleich zu seinen feinsinnigen Berechnungen einfach zu plump. Aber dennoch tat sie jetzt ihre Wirkung.
In der Pose des Mannes, der endlich Schluß machen will mit einer quälenden Lebenslüge, zerknirscht, mit gesenktem Kopf: Du ahnst ja nicht, wie betrunken ich war.
An ihrem raschen Blick merkt er, daß nun die Verblüffung auf ihrer Seite ist. Mit dieser Variante scheint sie nicht gerechnet zu haben.
Da ist es schon nicht mehr überraschend, daß sie einfach ein Du lügst hervorstößt, denn Erniedrigung bietet in jedem Fall einen gewissen Schutz. Und gerade in ihrem Ausnahmezustand ist sie für phylogenetisch altes Material empfänglich, für Botschaften aus der Vorzeit der Vernunft.
Die Kinder nennt sie als Zeugen ihrer Verzweiflung. Aber die hat er ja nie bestritten; sie benennt Zeugen, wo die Parteieneinvernahme ausgereicht hätte, vernunftwidrig und kostentreibend.
Nach zwei Stunden verliert er die Geduld. Was für eine Geschichte verlangt sie denn von ihm, der doch die Wahrheit selbst nur ahnt. Aus seiner allgemeinen Erinnerungsschwäche die Rettung konstruieren?
Die Wahrheit ist, sagt er mit letzter Bestimmtheit, daß ich mich an nichts mehr erinnere.
Ich muß bewußtlos gewesen sein, fügt er hinzu, vollkommen hilflos.

Ihm fällt noch auf, daß sein letzter Satz gar nicht gelogen ist.
Mit einer einzigen heftigen Kippbewegung schleudert seine Frau ihm eine Fontäne klebrigen Weins ins Gesicht.

Dritter Teil

Die Frühschicht besorgt das Betten der Patienten. Die Jalousien sind geschlossen vor der andrängenden Wintersonne, und dennoch ist es heiß neben den Fensterbänken.
Er weiß jetzt, daß diese Hitzeströme aus der defekten Klimaanlage stammen. Der Oberpfleger hat den Schaden schon gemeldet; das behauptet er jedenfalls. Überprüfen kann das niemand. Er fühlt sich auch zu schwach an diesem Morgen, um solchen Dingen auf den Grund zu gehen, jede überflüssige Bewegung vermeidet er. Mit matter Stimme trifft er die wenigen Anordnungen, die über die selbstverständliche Routine hinausgehen.
Drei Sterbende, stellt er schnell fest. Der erste wird es bis zum Mittag geschafft haben. Er könnte beinahe schon die Angehörigen benachrichtigen.
Ilka arbeitet auf der sogenannten Normalstation, wie der Professor sie nennt. Der Oberarzt spricht lieber von der Allgemeinstation. Wer die Intensivstation überlebt, wird früher oder später verlegt. Das ist die Regel. Bei Überfüllung wird der Kranke in ein anderes Krankenhaus gebracht.
Beinahe im Laufschritt erledigt der Professor heute seine Visite. Vor den Betten der Sterbenden zuckt er mit den Schultern, ein ungewisser Ausgang ist immer ein tödlicher Ausgang. Mit den Schultern zuckt er nur, wenn er wirklich unschuldig ist, wenn der Schlag, der den Sterbenden getroffen hat, unbezweifelbar ein Schicksalsschlag war.

Schwerstverletzte ohne Operation durften also sterben – oder, wie es zutreffender hieß, abgestellt werden –, während Operierte, Behandelte, deren Schicksal ja nur darin bestand, gerade dieser Abteilung zugewiesen zu werden, so leicht nicht davonkamen. In solchen Fällen wurde experimentiert, untersucht, nachoperiert, nachuntersucht, ohne daß sich auch nur eine Spur Leben in den aschfahlen Gesichtern gezeigt hätte.
Das Heimtückische war, daß Leben oder Tod des Patienten Plus- oder Minuspunkte für den jeweiligen Operateur bedeuteten, die jedoch nur heimlich gezählt wurden. Offiziell wollte niemand dazu stehen, daß am Tod eines Kranken der Arzt schuld sein könnte. Aber im verborgenen wurde gerechnet, geschieden, verworfen.
Auf diese Weise war dem Jugoslawen ein beinahe totales Operationsverbot auferlegt, das natürlich öffentlich nicht existierte. Es war ihm ja eigentlich nichts verboten, ihm wurde vom Abteilungsvorstand bloß nichts mehr erlaubt. Dabei war der Jugoslawe nicht ungeschickter, dem Kranken nicht gefährlicher als jeder andere.
Objektivität war Schwäche oder Verrat. Nur minutenlang konnte er am Anfang die Wahrheit aushalten, die ihm wie ein Fetzen blauen Himmels zwischen schweren, würdigen Winterwolken erschien.
Aber doch geschah es immer wieder, daß ihm plötzlich, bei einer unscheinbaren Hantierung, das Wort: sinnlos und immer damit verbunden, sogleich hinterher, das Wort: schädlich durch den Kopf schoß.

Daraus entwickelte sich nichts Bleibendes, den Einfällen, den Einsichten entwuchs keine Erkenntnis. Höchstens einmal, an ganz schlechten Tagen, ein dumpfer Tatendrang, ein Fluchtinstinkt.

Zwei Tage vor dem Weihnachtsfest brachten sie ihm ein Kind von zehn Jahren, einen bereits geschorenen mageren Jungen, den der Professor sich für den nächsten Tag vorgenommen hatte. Aus den Krankenakten erfuhr er, daß es sich um einen Tumor in der hinteren Schädelgrube handelte, um einen ausgedehnten, das Hirn bedrohlich quetschenden Tumor, der bereits in der präoperativen Phase genauester Überwachung bedurfte.

Der Junge war noch bei vollem Bewußtsein und lächelte sogar, mehr verschämt als fröhlich. Es war zunächst nichts anderes zu tun, als ihm ein Bett zuzuweisen, ihm das vorgeschriebene weiße Nachthemd überzustreifen. Die Eltern durften fortan keinen Kontakt mehr zu ihm haben.

Am Nachmittag stand fest, wer ihn operieren würde: der Professor, der Oberarzt, der Holländer. Da sich schon wieder feiner Flaum auf dem rasierten Schädel zeigte, wurde eine zweite Rasur notwendig, die der Oberpfleger mit Genauigkeit und Liebe ausführte. Unmittelbar vor der Operation wurde die Kopfhaut ein letztes Mal rasiert.

Am nächsten Tag gegen Mittag beauftragte der Professor eine der Hilfsschwestern, zu der laufenden Operation alle Assistenzärzte herbeizurufen. Sie sollten sich einmal einen ganz ausgefallenen Befund ansehen.

Er traf als letzter ein, da die Intensivpatienten ihn noch aufgehalten hatten. In einer Traube umlagerten Ärzte und Schwestern den operierenden Professor, der jeden seiner Handgriffe laut erklärte. Er stellte sich auf eine Fußbank, die die erste Operationsschwester ihm mit einer stummen Gebärde angewiesen hatte, denn der Professor wünschte, daß jeder den inzwischen oberflächlich freipräparierten Tumor in Augenschein nahm.

Sauber und glänzend, von grünen Tuchstreifen umrahmt, füllte die Geschwulst beinahe die ganze hintere Schädelgrube aus. Das geht nicht gut, dachte er sofort, sterbend oder bereits tot wird der Junge den Operationssaal verlassen.

Er sah dem Operateur und seinen Gehilfen in die vermummten Gesichter, die ihm jetzt so erschienen, als sollten die Mundtücher nicht die Infektion der klaffend offenen Hirnwunde aus den Nasen und Rachen der Hantierenden verhindern, sondern gerade umgekehrt die Gesichter vor der Beobachtung schützen.

Mit einem raschen Blick überzeugte er sich vom momentanen Wohlergehen des Patienten, soweit die Monitoren der Narkosemannschaft hierüber Auskunft gaben: Puls zweiundsiebzig, Blutdruck einhundertvierzig zu achtzig, die Werte der Blutgasanalysen lagen ebenfalls im Normalbereich. Die gleichmäßige, zuverlässige Arbeit der Beatmungsmaschine, das rhythmische Piepsen der akustischen Pulsanzeige, die

winzigen, souverän ausgeführten Korrekturen des Anästhesisten ließen ein Gefühl der Sicherheit und Behaglichkeit entstehen, ja, der Geborgenheit.
Und das bedeutete die Operation dem Operateur: Geborgenheit. Hinter seiner Maske, abgeschirmt durch automatisch schließende Schleusentüren aus glänzendem Stahl, unerreichbar für die äußere Welt, für begrenzte Zeit mit Allmacht ausgestattet, bessernd an Entgleisungen der Schöpfung: ein Glückszustand, den der wahre Chirurg süchtig immer wieder herbeiführen muß.
Mit lauter, fester Stimme verkündet der Professor den geplanten Fortgang des Eingriffs. Mit äußerster Sorgfalt sei der Tumor freizupräparieren unter Schonung selbst allerfeinster Blutgefäße, die für die Sauerstoffversorgung des Stammhirns aber essentiell seien. Eine gefährliche Arbeit, denn die Geschwulst reiche weit in die Tiefe der hinteren Schädelgrube hinein. Bisher sehe man nur die oberflächlichste Schicht. Der Operateur dürfe sich aber nicht täuschen lassen, andauernd müsse er auf der Hut sein.
Der Professor sagte diese Sätze mit Unterbrechungen, während deren er um so entschiedener präparierte. Eine Hilfsschwester blieb in der Nähe, um dem Professor im Bedarfsfall den Schweiß von der Stirn zu wischen; eine andere Aufgabe hatte sie nicht. Ein Zeichen der Macht ist ja, daß in ihrer Umgebung Menschen vorkommen, die nur eine einzige Funktion haben: Soldaten, die mit dem Gewehr vor einer Mauer stehen; Diener in Uniform, die die Türen langsam ausrollender Limousinen aufreißen; andere Die-

ner, die Schirme öffnen und hinterhertragen; Männer in Anzügen, die die Hände hinter dem Rücken haben und wie beiläufig die Menge beobachten.
Menschen in nur einer einzigen Funktion erstarrt: Das fand er auch hier. Niemand war unzufrieden, schlecht gelaunt oder kritisch. Alle waren ausgerichtet auf den Mittelpunkt der Macht, den aufgebrochenen Schädel des Kindes.
Denn alle Kraftlinien, die die Menschen in diesem Raum ausrichteten wie Feilspäne in einem Magnetfeld, gingen von dieser mit blutdurchtränkten Tüchern notdürftig umgrenzten Wunde aus, der der Professor zugeordnet war wie der Priester seinem Heiligtum.

Dieses Mal würde er bis zum Ende bleiben. Die anderen, die der Professor hatte rufen lassen, entfernten sich nach einer halben Stunde, spätestens nach einer Stunde. Er stand noch auf seinem Fußbänkchen, das jetzt überflüssig geworden war, da er sich ganz dicht hinter den Rücken des Professors stellen konnte, der jetzt auf seinem hydraulisch verstellbaren Operationsstuhl saß.
Der Professor trug weiße Schuhe aus geschmeidigem Leder. Aus den Abdecktüchern tropfte Blut auf den Boden, manchmal auch auf die Schuhe des Professors. Etwas Entscheidendes war noch nicht geschehen. Einmal sah der Holländer zu ihm herüber mit seinen zu kleinen blauen Augen. Grimassierte er unter der Maske? Der Professor wies ihn zurecht, weil er

seinen Hirnspatel bewegt hatte; außerdem stehe das Licht nicht richtig.
Ein Pfleger sprang herbei und korrigierte den Scheinwerfer, ohne den Professor wirklich zufriedenstellen zu können.
Es ist dunkel wie im Arsch der Kuh, rief der Professor fröhlich; aber sein Frohsinn war niemals ansteckend. Der Pfleger strengte sich an, den richtigen Einfallwinkel des Schweinwerferlichts zu finden. So war es gut, sagte der Professor, aber der Pfleger hatte in seiner Aufregung die Lampe zu schnell bewegt und die optimale Einstellung schon verlassen.
Auf den Monitoren keine Besonderheiten. Aber er konnte warten, denn seit Jahren hatte er sich darin trainiert, die Langeweile durch die Beobachtung winziger, an und für sich unbedeutender Bewegungen zu mildern. So hatte sich ihm nach und nach ein Reich von Gesetzmäßigkeiten erschlossen, das bisher von keiner Wissenschaft untersucht wurde. Wie, zum Beispiel, bewegt sich ein tiefgrüner Baum vor einem hellblauen Himmel? (Das hatte er während des Urlaubs an der jugoslawischen Küste studiert.) Warum gibt es in der Natur keine Farbdissonanzen? Oder: Warum liest er manchmal ein ungebräuchliches Wort und hört es wenige Minuten später vom Fernsehsprecher in einem ganz anderen Zusammenhang?
Überall war dieses Zwischenreich kaum begründbarer, sogar widersprüchlicher Erfahrungen gegenwärtig. Glich nicht der Pfleger plötzlich bis aufs Haar einem bekannten Fußballspieler? Und warum war ihm das früher noch nicht aufgefallen?

Die Operation dauerte nun über vier Stunden, und noch immer war der Tumor nicht geboren. Schwierigkeiten gab es in der Tiefe, mit denen zwar zu rechnen gewesen wäre, deren unbegründbares Fehlen gerade in diesem Fall der Professor anscheinend aber erhofft hatte.

So traten Stockungen auf, erste Bewegungsungenauigkeiten, gereizte Forderungen gegen Helfer und Operationsschwester.

Dann war der Eingriff in die lange erwartete, ja erhoffte Phase eingetreten. Mit halbeingestandener Geilheit sah er dem sich zunächst gemächlich, dann immer rasanter beschleunigenden Verfall der Operationskunst zu, die schließlich, als aus der Tiefe der Wunde das gefürchtete hellrote Blut hervorsprudelte, von stümperhaftem Gemetzel nicht mehr zu unterscheiden war.

Es hatte sich also doch gelohnt. Diesmal sollte ihm nicht die winzigste Kleinigkeit entgehen. Kalt beobachtete er jeden einzelnen Schweißtropfen auf der Stirn des Professors und verfolgte dessen Schicksal bis in die spärlichen Augenbrauen hinab, wenn die Hilfsschwester mit ihrem Schweißtuch zu langsam war. So genau sah er hin, daß er immer wieder sekundenlang nichts hörte. Das gemeine Geschrei, das den Raum füllte, hatte auch nicht das mindeste mit ihm zu tun.

Genießerisch ließ er den Blick zu den Monitoren hinüberschweifen: Puls einhundertundzwanzig, Blutdruck systolisch achtzig. Das genügte ihm vorläufig. Er sah dem Professor wieder auf die unruhigen Hände.

Der Tumor muß jetzt heraus, sagte der Professor, sonst hört es nicht auf zu bluten.
In dieser Abteilung hört es nie wieder auf zu bluten, dachte er voller Häme, die ihm bis dahin unbekannt war. Dieser gehässige Gedanke hatte beinahe etwas von einem offenen Angriff.

Sie hatten den Jungen zurückgebracht. Er sah gleich, daß er tot war, inoffiziell. Offiziell befand er sich in der postoperativen Phase, die durch Risiken und unvorhersehbare Wendungen bestimmt ist. Das galt ganz allgemein und für jeden Hirnoperierten.
Voller Abscheu sah er zu, wie sich die anderen in eine Behandlungseuphorie hineinsteigerten, als existiere so etwas wie Rettung eines Menschenlebens tatsächlich und nicht nur in der Phantasie von Kindern und Geschäftemachern.
Zwei venöse Zugänge genügten dem Narkosearzt nicht, ein dritter mußte geschaffen werden oberhalb des Knöchels.
Alles vergeblich, wollte er ihnen noch zurufen, wirklich, alles vergeblich.
Die schneeweißen Arme des Jungen waren auf Schienen befestigt, als fürchte man jeden Augenblick einen Bewegungssturm, der die Infusionsschläuche zerreißen würde.
Er wandte sich beschämt ab.

Offiziell trat der Tod am vierten Tag ein. Auf den Totenschein schrieb er zwölf Uhr neunundfünfzig.

Zu Weihnachten wurde es wärmer. Ein lauer, namenloser Wind strich durch die Straßen, der sich gegen Abend legte und vormittags hartnäckig, gleichmäßig, aus unveränderter Richtung wieder erstand, so daß er schon an ein bisher unbekanntes meteorologisches Phänomen glaubte, dessen Bedeutung man bald aus den Zeitungen erfahren würde.
Im Fernsehen widmeten sich die Wettermänner mit allerfeinster Ironie dem vorauseilenden Frühjahr, als dürfe man so etwas nicht ganz ernst nehmen. Im Rundfunk hieß es: Weiterhin für die Jahreszeit zu warm, das war ehrlich.
Am Dreiundzwanzigsten kaufte er Weihnachtsgeschenke; er hatte frei ab Mittag. Allzu lange beschäftigte er sich nicht damit. Was man ihm als Böswilligkeit auslegte, war in Wirklichkeit Mangel an Phantasie. Man hatte ihm beigebracht, daß der Wert eines Geschenks unabhängig sei von Preis und Qualität. Trotzig hielt er jetzt an diesem Lehrsatz fest, den das Kind nie begriffen hatte.
Weihnachten endlich stellte seine Frau die Nachforschungen ein. Sie hatte ihm nicht vergeben, sie resignierte. Ihre unermüdlich vorgetragenen Attacken hatten ihn nicht dazu bringen können, von seiner ersten Version abzuweichen: Er hatte bei dem Oberpfleger die Nacht nach dem Fest verbracht und

nirgends sonst. Nur das sei absolut gewiß, an Einzelheiten habe er keine Erinnerung.
Ilka hatte er ein paarmal flüchtig gesehen. Sie schweigt wie ein Kavalier, fiel ihm jedesmal ein. Von einem Flirt war nichts zu spüren, noch nicht einmal von der Vermeidung eines Flirts.
Dem Weihnachtsgetriebe begegneten die Kinder mit stiller Selbstverständlichkeit. Das war nicht sein Einfluß. Ekstatische Freude hatte er von ihnen erwartet, obwohl er genau wußte, daß es sich um die Projektion einer steinalten Forderung aus seinen Kindertagen handelte.
Und er selbst: Konnte er sich nicht mehr freuen, weil der Befehl dazu ausblieb?
Was er fühlte, war nicht mehr als dumpfe Zustimmung und eben diese Unfähigkeit zur Freude.
Durch seine Not auf religiöse Gefühle verwiesen, beschloß er für den ersten Weihnachtstag den Kirchgang. Er fürchtete das Geheul der gelangweilten Kinder, durchschritt schon voller Spannung und Reserve das hohe Portal und suchte gierig nach altbekannten Gerüchen und Klängen.
Er war unvollendet, ein Gefühlskrüppel, der Freude nur als Rausch erleben konnte.
Er ordnete an, die Kinder in die Mitte zu nehmen. Sie saßen zuerst erstaunt, gebannt, sahen an den Kirchenfenstern empor und blieben nach Kinderart haften an Kleinigkeiten, die sie erklärt oder deren Vorhandensein sie nur bestätigt haben wollten.
In der Reihe der zu den Gesangbüchern herabgebeugten Gesichter fühlte er sich geborgen. Er konnte sich

nicht satt sehen an diesen Mündern, die sich beim Gemeindegesang verstohlen bewegten wie in einem schlecht synchronisierten Film. Die Haltung der Hände, die Stellung der Füße zueinander untersuchte er und fand wieder Gesetzmäßigkeiten aus dem Zwischenreich: Wer laut singt, stellt einen Fuß vor und hält das Gesangbuch mit beiden Händen.
Das kleinere Kind kletterte auf die Bank und schaute sich um. Keinen Deut veränderte sich der Gesang hinter ihnen, keine Unsicherheit im Text, obwohl das neugierige Kindergesicht die Blicke doch ablenken mußte.
Auch seine Frau sang ungerührt weiter, legte aber einen Arm um das Kind.
Als die Gemeinde verstummte, klang die Gesangsimitation des größeren Kindes weiter. Alle waren in Gutwilligkeit erstarrt, und niemand sah sich nach dem Störer um. Sein nachsichtiges, entschuldigendes Lächeln war überflüssig.

Mittags aß er unmäßig, aus einer Art Pflichtgefühl heraus.

Am zweiten Weihnachtsfeiertag besuchten sie seine Eltern zum Nachmittagskaffee. Rasch schlüpfte er in die Rolle des Beschenkten, die er zu seiner eigenen Überraschung noch vollkommen beherrschte.
Auf dem Fernseher stand ein Plastiktannenbäumchen als Endstufe einer jahrzehntelangen Rückbildung.

Früher hatten sie vor dem Fest eine mannshohe Fichte geschlagen.
Was braucht man denn noch in unserem Alter, sagte der Vater dazu.

Jeder untersuchte den anderen auf Veränderungen. Nach der monatelangen Routine begegnete man einander zum ersten Mal wieder mit Neugier. Der Holländer hatte sich rund gefressen übers Fest. Busen und Hüften hatten sich entwickelt. Kinnspitze und Halsknorpel verband eine gerade Linie aus weißem Fleisch, auf dem kein Barthaar wuchs zum Beweis, daß dieser Fettansatz nicht endgültig war. Das Haar war strähnig. Die Wangen hingen, als würde der Holländer vertikal beschleunigt.
Am Araber war das Fest spurlos vorübergegangen. Neben dem rosaweiß blühenden Holländer wirkte er grau und schmal. Sein spitzer Kopf verschwand hinter einer dunklen Hornbrille.
Dann sah er den Asiaten an, wie »das nächste Bild« in einem Fotoalbum. Er hatte eine kräftigere Nase bekommen, schon die Nasenwurzel erhob sich ganz leicht aus dem Niveau des Gesichts; das war ein eindeutiger Fortschritt.
Der Grieche fehlte; er machte Urlaub in seinem Land.
Der Jugoslawe – glänzte. Sooft er ihn auch verstohlen ansah: er glänzte. Nicht als Zeichen hochgradiger Zufriedenheit (dazu hätte ein begleitender Augenausdruck gehört): die Reflexionskraft der Haut hatte

zugenommen. Hatte er sich zum neuen Kampfabschnitt eingefettet wie ein antiker Ringer? Waren plötzlich mythologische Vorstellungen in ihm aufgebrochen, die ihn zu Tran und Talg hatten greifen lassen? Oder war die Haut bloß in einen höheren Spannungszustand geraten infolge der Völlerei?
Wie zur Bestätigung seiner letzten Annahme rülpste der Jugoslawe aus vollem Magen. Von den Vorgesetzten war erst ein fernes, verschwörerisches Lachen zu hören, in das die Sekretärin mit Verspätung einfiel.
Der Oberarzt öffnete geschmeidig die Tür und ließ dem Professor den Vortritt.
Sein Gruß war knapp und geschäftsmäßig. Er sah die Wartenden nacheinander an und erkundigte sich nach dem Griechen. Zur allgemeinen Überraschung antwortete der Jugoslawe. Hatte er seine Taktik geändert? Sollte der Professor sich vor ihm sicher fühlen? Hatte er in den stillen Tagen etwas herausgefunden, mit dem er den Professor erledigen konnte? Bereitete er aus dumpfer Ahnung einen furchtbaren Neujahrsentschluß vor?
Der Oberarzt hatte die Festtage zu einem kurzen Skiurlaub genutzt. Seine kernige Bräune und das ungesunde Weißrosa des Holländers! Mit Vergnügen sah er vom Holländer zum Oberarzt und wieder zum Holländer. Sein überlegenes Lächeln brachte ihm eine Nachfrage des Professors ein, auf deren Beantwortung er jedoch nicht bestand.

Krankenakte. Der Operationsbericht fehlte noch. Wahrscheinlich hatte die Sekretärin vergessen, ihn ins Fach zu legen, das der Oberpfleger jeden Morgen leerte.
Der Matrose drängte sich heran, einem Kind die Sondennahrung in den Magen zu pressen.
Im Weitergehen fiel ihm dann wieder ein, daß dieses Kind bäuchlings auf seinem Schlitten liegend in rasender Abfahrt gegen einen bergan gezogenen Schlitten geprallt war. Wenn er an diesen Unfall dachte, fühlte er ein zur Kugel gepreßtes Gelächter in seinem Bauch.
Weiter. Warum trug er eigentlich diesen Kugelschreiber in der Hand, den er doch in die Tasche stecken könnte. Dann sah er Speichelfäden, die sich im Mund eines gerade aus der Bewußtlosigkeit Erwachenden ausspannten wie tauglitzerndes Spinngewebe.
Der Umschüler rief dem Oberpfleger zu, er solle ihm beim Füttern helfen; auch er werde nicht fürs Herumstehen bezahlt.
Die Halbwachen wurden mit dem Löffel gefüttert; wollten sie nicht schlucken, hielt man ihnen die Nase zu, eine gutmütige Hilfe.
Zur Zeit der Fütterung brach immer wieder dieser bellende, würgende Husten hervor, wenn Speisereste die Luftröhre verstopften. Anfangs hatte er sich jedesmal erschrocken umgesehen.
Er reagierte mit einem kaum zu erkennenden Schulterzucken und blieb bei dem, was er gerade unter den Händen hatte.

Vierter Teil

Als er an einem leeren Bett vorüberkam, erwartete er Trost von dem weißen Laken, das sich faltenlos ausspannte zu unendlicher Aufnahmebereitschaft.
Hinter seinem Rücken kommandierte der Matrose. Voran, hörte er und: Opa. (Ein Wort, bei dem er sich immer noch schämte.)
Das Schluchzen war nicht mehr als ein zu schwacher Hustenstoß.
Der Oberpfleger rief ihm noch etwas nach, das wie eine Warnung klang. Oder ging es ihm nur um die Unterschrift auf einem Formular?
Später, sagte er, ohne sich umzuwenden.
Noch nie hatte er die Füße so heftig aufgesetzt, sein ganzer Körper nahm den Rhythmus auf, in Ruhe blieb nur der Nackenwirbel, das Gegenschwingen des Kopfes wollte er nicht länger unterdrücken.
In der Schleuse verzichtete er darauf, die Schutzkleidung auszuziehen, und streifte nur seinen Arztmantel darüber. Die Straßenschuhe der Pfleger standen in einer Reihe. Nur jetzt nicht, im allerletzten Augenblick, die gerade noch beherrschte Wut verlieren.
Die Sekretärin sah ihn nach all den Monaten zum ersten Mal wieder an wie einen Fremden.

Das Zimmer des Professors war verdunkelt. Die schweren Vorhänge filterten einen durchbrochenen, gleißenden Kreis aus der Wintersonne. Bevor der Professor von seinen Papieren aufsah – ausgebreitete

Krankengeschichten, die er wissenschaftlich aufarbeitete –, wies er ihm bereits mit der ausgestreckten Hand den Sessel vor dem Schreibtisch an, auf dem meist Angehörige seiner Privatpatienten saßen.
Dann lehnte er sich zurück und legte die Brille vor sich auf die ausgebreiteten Papiere. Zu diesen faltigen Lidern, diesen mißtrauischen Augen mochte er nicht sprechen.
Eines Tages, dachte er, ziehen sie uns zur Rechenschaft, und er sah sich neben dem Professor auf der Anklagebank, die aussah wie in einem englischen Kriminalfilm.
Der Professor sagte nichts. Weshalb nur fühlte er sich ausgeforscht? Konstruierte er aus dem Schweigen des Professors einen Lauschangriff, bloß um schließlich – also zur Verteidigung – diesen Satz sagen zu können: Ich habe mich entschlossen zu kündigen?
Er war atemlos wie nach einem schnellen Lauf. Seine Handflächen schwitzten so stark, daß er sie aus Barmherzigkeit von den Sessellehnen nahm.
Wir begrüßen zwar grundsätzlich eine gewisse Fluktuation, sagte der Professor.
Sie standen gleichzeitig auf. Es war ihm jetzt unangenehm, daß der Professor einen Kopf kleiner war als er.

Es war neblig. Die Rheinschiffe glitten durch die vereisten Wiesen, vorbei an tauglitzernden Weidezäunen. Auch Ruß war in der Luft; den Atemschmerz deutete er um zu einem Gefühl schneidiger Frische.

Der Nebel war dicht genug, seine Furcht zu lindern.
Wir werden fortgehen, sagte er und spürte einen leisen Ruck an seinem Arm. Die Schritte seiner Frau wurden lauter.